당신의 책을 가져라

당신의 책을 가져라

개정판 1쇄 인쇄 · 2017년 1월 4일
개정판 1쇄 발행 · 2017년 1월 11일

지은이 · 송숙희
펴낸이 · 이종문(李從聞)
펴낸곳 · 국일미디어

등록 · 제406-2005-000025호
주소 · 경기도 파주시 광인사길 121 파주출판문화정보산업단지(문발동)
영업부 · Tel 031)955-6050 | Fax 031)955-6051
편집부 · Tel 031)955-6070 | Fax 031)955-6071

평생전화번호 · 0502-237-9101~3

홈페이지 · www.ekugil.com
블로그 · blog.naver.com/kugilmedia
페이스북 · www.facebook.com/kugillife
E-mail · kugil@ekugil.com

ISBN 978-89-7425-633-3(03800)

당신의 책을 가져라

송숙희 지음

국일미디어

헌신하기 전까지는
항상 머뭇거리고 주저하게 마련이다.
무엇이 무수한 아이디어와 계획을 무산시켰는지는 모르겠으나
모든 시작과 창조활동에는 한 가지 진실이 있다.
자신에게 분명히 헌신하는 순간, 신의 섭리가 함께 움직인다.

-W.H. 머레이-

이 책에 언급된 각종 양식과 자료는 온라인카페 cafe.naver.com/bookcoaching
혹은 www.북코칭.com에서 찾아보실 수 있습니다.

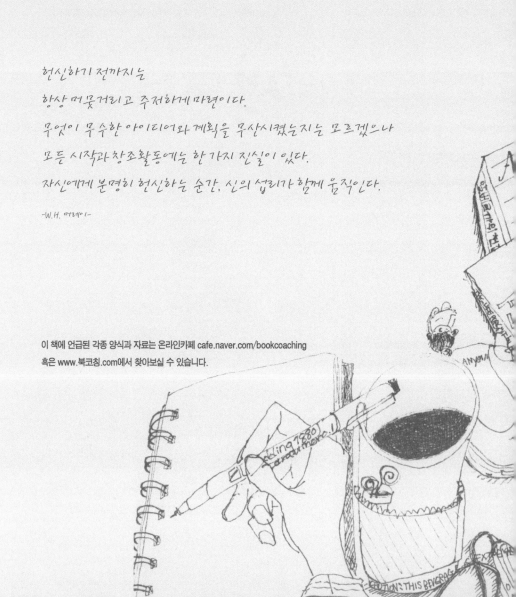

이 책을 추천합니다

"이 책 한 권이 당신의 인생을 바꿀 지도 모릅니다"

우리가 이 세상에 존재하는 이유 중 하나가 우리 자신을 '표현함'으로써 우리가 누구라는 것을 세상 사람들에게 보여주는 것이라고 믿습니다. 어디에 살며 어떤 종교를 가지고 있든지, 흑인이건, 백인이건, 황인종이건, 어떤 신념을 가지고 살든지 모든 사람들의 마음에는 자신들의 경험, 감정, 지식 그리고 지혜를 다른 사람과 나누고 싶어 하는 욕망이 있습니다.

'다른 사람과 공유'하고 자신을 '표현'하는 데는 여러 가지 방법이 있는데 어떤 사람들은 그림을 통해서 아름다운 풍경이나 사람들을 그리기도 하고, 어떤 사람들은 시를 통해서, 혹은 아름다운 음악을 작곡해 자신을 드러냅니다.

어떤 길을 가건 결국 산 정상에 도달하지만, 산 정상으로 가는 여러 가지 길 중에서 많은 사람들의 인생을 바꿀 수 있는 힘을 가지고 있는 것이 있습니다.

저는 어려서부터 무엇인가 세상에 도움이 될 수 있는 일을 하고 싶어 했습니다. 그래서 제가 이 세상을 떠날 때 세상이 나로 인하여 좀 더 나은 곳이 되기를 원했습니다. 가족이나 친구 이외에 더 많은 사람들에게 도움을 주고 싶었습니다. 그래서 글을 쓰기 시작했습니다. 열심히 글을 썼지만 제가 원하는 대로 풀리지도 않았습니다. 제 글을 읽는 사람들은 아주 극소수에 불과했고 그나마 제 글을 읽은 사람들 중 반만이 마음에 든다고 했습니다. 나머지 사람들은 '글 같은 나부랭이'를 쓰면서 허송세월하지 말고 다른 취미를 찾아보라고 충고했습니다.

그래도 저는 글쓰는 것을 절대로 포기하지 않았습니다. 고등학교, 대학교, 그리고 대학원에서 과학과 경영학을 공부하여 결국 그 방향으로 직업을 택했지만, 작가가 되겠다는 꿈을 한 번도 포기한 적이 없었습니다. 그러면서 저에게, '무엇을 써야 하는가', '어떻게 써야 하는가', '언제 써야 하는가' 그리고 '어떻게 출판하는가'에 대해 말해줄 수 있는 사람이 있다면 얼마나 좋을까라는 생각을 하곤 했습니다.

그런 사람을 만나기를 얼마나 바랐던가? 작가라는 것이 무엇인가를 알게 해주었던 '그 사람'을 만나기까지 저는 오랜 세월을 '글쓰기 정글'에서 헤매야 했습니다.

그는 작가가 되는 것이 무엇인가를 알고 있었을 뿐만 아니라 작가가 되기 위해 그가 겪었던 경험들을 예로 들며 친절하게 그 방법을 소개해주었습니다. 그 당시 저에게 무척 어렵게 보였던 '어떻게 책을 쓰고', '책을 출판하기 위해 어떻게 협상하는가'에 대해서 많은 조언을 해주었습니다. 그의 조언은 처음으로 '내 책', 즉 책다운 책을 출판하는 데 많은 도움을 주었으며, 전 세계 수십만 명의 사람들이 책을 통해 제가 하고 싶어 하는 이야기들을 읽을 수 있게 되었습니다.

현재 저는 『물 위를 걸을 수 있을 때, 배를 타라 When You Can Walk on Water, Take the Boat』와 개인적 성공과 진정한 행복을 위한 『행복한 멈춤』등 여러 베스트셀러를 가지고 있는 작가입니다. 이러한 저서들은 전 세계 곳곳의 수많은 사람들에 의해서 읽혀집니다. 만약 제가 처음 책을 출판하려고 했을 때 노하우를 가르쳐준 친구가 없었다면 얼마나 힘들었을까 쉽게 상상이 갑니다.

그래서 송숙희 씨가 이번에 출판하는 책을 여러분에게 강력히 추천합니다. 책을 쓴다는 것은 노하우를 안다면 그렇게 어려운 일이 아닙니다. 만약 당신이 알지 못한다면 노하우를 아는 사람들의 도움을 받으셔야 합니다. 송숙희 씨는 『당신의 책을 가져라』라는 유용한 책을 통해, 당신이 작가가 될 수 있다는 희망을 가질 수 있도록 단계적으로 안내할 것입니다. 당신은 어쩌면 이 책으로 인해 굉장한 걸작품을 세상에 내놓게 될지도 모릅니다.

이 책은 당신의 손을 잡고 글쓰기라는 난관을 헤치고 나가 결국에는 수많은 사람의 인생을 바꾸는 멋진 책을 쓸 수 있도록 상세하게 안내할 것입니다. 또한 당신의 '걸작품'을 위한 노하우를 보여주어 몇 년 후 당신 자신이 이룩한 것을 바라보면서 만족스런 웃음을 짓도록 도와줄 것입니다.

제가 이 세상을 떠난 후에도 저의 글은 영원히 남을 것입니다. 그래서 앞으로 이 세상에 태어날 수많은 사람들에 의해서 읽혀질 것입니다. 당신이 세상을 떠난 지 오래되었다고 하더라도, 당신 책은 두고두고 독자들의 마음속에 남을 것입니다. 어쩌면 삶의 무게가 너무 무거워 삶을 포기하려고 했던 사람이 당신 글을 읽고 마음을 바꿔 결국에는 그들 자신도 책을 써, 자신의 인생뿐만이 아니라 수많은 사람들의 인생까지 바꿀지도 모릅니다.

『당신의 책을 가져라』는 당신에게 어떻게 책을 쓰고 어떻게 작가가 될 수 있을지를 친절하게 안내할 것입니다. 책을 통해 당신의 생각과 당신의 개성, 그리고 당신의 정체성을 표현하십시오. 훌륭한 책의 작가가 되는 것처럼 만족스런 일은 없습니다.

송숙희 씨, 책 쓰는 노하우를 간단하게 설명해주셔서 감사합니다. 저는 당신 책을 읽은 수많은 독자들이 당신의 조언과 설명을 듣고 작가가 될 수 있다고 강하게 믿습니다. 이렇게 되면 우리가 사는 이 세상은 좀 더 나은 세상이 될 것이며 인류는 좀 더 발전할 것이라고 생각합니다.

존 하리차란(John Harricharan)
인터넷으로 500만 카피가 판매된 세계적인 베스트셀러 『행복한 멈춤』과 『물위를 걸을 수 있을 때, 배를 타라 When You Can Walk on Water, Take the Boat』를 쓴, 미국 '오늘의 작가상(award-winning author)' 수상 작가. 온라인으로 책쓰기를 지도하는 클래스(www.writeabestseller.com)를 운영하며 수많은 사람들에게 책쓰기를 지도 (www.Insight2000.com)하고 있다.

프 롤 로 그 1

"아직도 그렇게 길게 당신을 이야기하세요?"

안녕하세요? 책쓰기 코치 송숙희입니다. 10년 전 이맘때 《당신의 책을 가져라》 출간을 앞두고 서문을 쓰고 있었겠네요. 10년 후 지금, 《당신의 책을 가져라》 개정판 서문을 쓰고 있습니다. 하루 100여 종의 책이 출간되고 2주일쯤 신간 코너에 소개되다가 흔적도 없이 사라지는 이즈음, 책을 읽지 않는 이 시대에 책 한 권이 나와 10년 동안 읽혔다는 것은 무슨 의미일까요?

"당책가 읽고 저자 됐어요."
"적어도 책쓰기에 입문한다면 꼭 읽고 가야 하는 필독서라고 생각합니다."
"지인이 당책가를 선물했어요. 책 쓰라고요."

'당책가'는 《당신의 책을 가져라》의 애칭인데요. 책을 읽고 팬이 되었다는 독자 — 아니 지금은 저자네요 — 를 자주 만났습니다. 당책가를 읽고 저자가 되었다는 증언을 가는 곳마다 직접 듣기도 하고 지인을 통해 전해 듣기도 했습니다. 서점에 책이 없으니 구해달라는 요청도 참 많이 받았습니다. 서점에서 책이 떨어지자 어떤 한 분은 헌책방과 도서관을 전전하며 당책가를 찾았는데 없더라며, 저에게 소장한 책을 비싸게 살 테니 나눠달라고까지 하더군요. 책쓰기를 지도하는 어떤 이는 '책쓰기를 위해 읽어야 할 1순위 책'으로 당책가를 꼽기

도 했습니다.

　당책가 이후 책쓰기 책이 쏟아지고 책쓰기를 가르치는 곳이 늘어갈수록 당책가를 읽지 않으면 저자가 될 수 없다는 일종의 미신이 작용하는 듯했습니다. 이토록 많은 사랑을 받은 당책가의 저자로서, 여러분의 사랑에 깊은 감사를 전합니다.

　2017년은 제가 글밥을 먹어온 지 30년 되는 해입니다. '당신의 책을 가지세요'를 입에 달고 책쓰기 코치로 살아온 지 만 10년이 되는 해이기도 합니다. 훨씬 이전부터 책쓰기 코칭을 해왔지만, 당책가 출간을 책쓰기 코칭 원년으로 삼은 것은 당책가, 이 책으로 저 자신을 IPO(IPO, Initial Public Offering) 했기 때문입니다. 기업으로 치면 기업공개지요.

　당책가로 저는 공공연하게 세상에 드러나게 되었습니다. 이 책 덕분에 제 인생은 확 바뀌었습니다. 그러니 당책가 출간은 IPO가 분명하지요. 당책가 출간을 기념하여 시작한 송숙희 책쓰기 교실도 어느새 10년째입니다.

　자, 이제, 당신도 책을 가지세요. 아직도 그렇게 길게 당신을 이야기하세요?

　당신의 책으로 당신을 이야기하세요. 당신의 책 한 권은 백만 마디의 말보다

위력이 셉니다. 어디에 있든, 떠나든, 머물든 100세 시대를 위한 다음 한 수를 준비해야지요. 그러니 당신의 책을 쓰십시오. 당신이 책을 쓰면 출판사는 당신의 책을 근사하게 만들어 팔기 위해 편집, 제작, 유통, 마케팅, 독자관리까지 지독하게 해냅니다. 서점은 일요일에도 쉬지 않고 당신의 책을 팔아줍니다. 기업이나 교육이 필요한 곳에서는 쉬지 않고 당신을 찾아내기 위해 검색합니다. 네이버와 구글이 당신을 추천하도록 당신의 책을 가지세요.

자, 이제 당신 차례입니다. 당신이 곤히 잠든 새벽에도 저 송 코치는 당신의 다음 한 수를 위해 생각하고, 연구하고, 피드백합니다. 저와 함께하세요. 책쓰기 코치 10년 자축연을 이 글로 대신하며 당신을 초대합니다. 어서 오세요. 지금 오세요.

당책가를 처음 출간한 당시의 모습 그대로 다시 냅니다. 책이 출간된 그 날 이후 저는 더 유명한 책쓰기 코치가 되었지만, 이 책을 준비하던 그때의 신선한 열정만큼은 기대하기 어려울지 몰라서요. 이 책을 추천해주신 분 중에는 돌아가신 분도 있고 현직에서 떠나기도 했으며 승진하기도 했습니다. 한 분 한 분 이름을 마음에 새겨넣으며 처음처럼 열심히 하겠다고 다짐합니다.

-2017년 처음처럼 송숙희

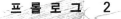

프 롤 로 그 2

"당신의 발가벗은 힘을 세상에 보여주라"
개인과 기업이 지속적으로 성장하기 위해선
참나무처럼 발가벗은 힘(naked strength)을 길러야 합니다.
–정년퇴임 기념 강연회에서 윤석철 서울대 경영학과 명예교수–

"책 한 번 써보세요"

"지금 말씀, 책에다 담아 보세요"

"혼자 듣고 말기 너무 아까운데, 책으로 써보시면 어떨까요?"

20년 가까이 미디어에 매혹되어 일하는 동안 많은 사람들에게 책을 써보라고 권했다. 정말이지 혼자 듣고 말기에 아까운 내용들이었다. 현업에서 쌓은 넘쳐나는 경험과 경력, 그리고 경륜. 어느 한 곳 부족함 없이 착실히 다진 내공으로 자기만의 길을 닦아온 사람들이었다. 전문 영역이 아니라 해도 자신이 하고 있는 일에 관한한 더 이상의 전문가가 없을 정도로 능력이 출중한 사람들이었다.

그들은 직장인이거나 1인 기업가, 자영업자, 고소득 전문직 종사자 등으로 아직은 대중매체를 통해 이름이 알려지지 않은 사람들이었다. 혹은 주부이거나 학생이거나 아주 별난 직업인이거나 단순기능직 종사자이거나

하는, 주어진 일이나 열심히 할 뿐 내세울 게 없다며 겸손해하는 사람들이었다. 그들은 넘치는 역량에도 불구하고 스스로 포장하고 홍보하는 결정적 기술이 부족하여 전문가 대접을 못 받고 있었다. 나는 그들을 포장하고 홍보해 주고 싶었다. 책을 써보라는 나의 제안에 돌아오는 첫 반응은 못한다는 것이었다. 어림도 없는 일이라 했다. 그러면서도 나중에 꼭 넌지시 되물어왔다.

"나 같은 사람도 책을 쓸 수 있을까요?"
"책을 어떻게 쓰면 될까요?"
"책 좀 쓰게 도와주세요"

아무리 유능한 산파도 아이 낳는 어려움과 즐거움을 다는 알지 못하는 법.
그들을 종용하는 데 힘이 되고자 직접 책을 한 권 써봤다. 그랬더니 더 많은 사람들이 물어왔다.

"책 써봤으니 잘 알겠네요. 나도 책 쓰게 그 방법 좀 가르쳐줘 봐요"

그건 맞는 얘기였다.
기획자로서 책을 수십 권, 수천 권 만든 경험도 중요하지만, 책쓰기에 대해 운운하려면 직접 책을 써봐야 했다. 책을 잘 쓰도록 저자를 격려하기 위해서는 책을 쓰는 동안 게으름과 절망과 의심의 늪에서 살아남은 살아있는 경험이 필요했다. 책을 쓴다는 것이 어떻게 한 개인의 인생에 도움이 되는지를 역설만 할 게 아니라 나 스스로 저자로서 새로운 삶의 지평이 열리는 것을 직접 느끼고 경탄해 마지않아야 했다. 거기에다 오래도록 책을 만들어온 실전적 경험과 노하우와 나만의 요령이 더해졌을 때, 비로소 책쓰기에 대해 운운할 자격이 생기는 것이다.

이 책은 이른바 지식경영시대의 요구이자 오랫동안 나의 고객과 지인들이 내게 쏟아부은 질문들에 대한 답이다. 책 내용을 어떻게 기획하고 하나씩 써내려갈까 하는 하드웨어적인 방법론부터 책을 쓰는 데 필요한 준비, 습관, 열등감과 슬럼프를 극복하는 방법, 책을 쓰는 데 꼭 필요한 것과 절대 필요하지 않은 것들 등 주로 글쓰기에 임하는 마음가짐과 자세 같은 소프트웨어적인 방법론까지 다루었다.

배를 만들려면 공구 대신 바다에 대한 갈망을 느끼게 해주라는 생텍쥐페리의 말을 기억하며 당신이 책을 쓰고 싶다는 갈망을 갖게끔 유도하고 기어코 첫 문장을 쓰도록 만들기 위해 이 책을 시작했다.

이 책은 비즈니스 활동을 하면서 쌓아온 역량을 점검하고 상품화함으로

써 자신의 브랜드 가치를 드높이는 개인 마케팅 차원의 책쓰기를 가이드하는 데 목적이 있다. 이 책은 전업작가나 책쓰기를 업으로 하는 전문가를 위한 책이 아니다. 바로 당신처럼 또 나처럼 생업에 매진하고 생활에도 바지런을 떨면서 한편으로 책 한 권 버젓하게 써내고 싶은 욕심을 위해 존재하는 책이다. 그러므로 이 책은 '시간은 없고, 의욕은 넘치고, 탁월한 성과에 목마른 당신'을 위해 의무와 책임에 소홀하지 않으면서 책 한 권을 써낼 수 있는 실질적인 가이드를 담고 있다. 책을 만드는 사람의 입장이 아니라 책을 쓰는 저자의 입장에서 내남 없는 경험과 노하우를 최대한 풀어놓으려 애썼다.

이 책에 소개된 책쓰기 방법은 내가 운영하는 블로그(www.돈이되는글쓰기.com)와 인터넷카페 송숙희의 빵굽는 타자기(www.북코칭.com)에서 더욱 구체적으로 다양한 내용을 접할 수 있다. 책을 읽다 보면 당신도 책을 쓸 수 있다는 확신이 설 것이다. 그래도 엄두가 나지 않는다면 이 블로그와 카페에 접속하여 동료들과 함께 경험담을 나누고 서로 격려하며 책쓰기에 도전하기 바란다. 당신의 꿈을 더욱 빨리 이루게 될 것이다.

세계적인 시사주간지 타임에서 '올해의 인물'로 '당신'을 소개했다. '당신'이 정보화시대를 주도하고 지배하기 때문이다. 인터넷 정보를 단순 수

신하는 데 그친 게 아니라 동영상을 공유하고 블로그라는 1인 매체를 만들어 운영하고, 십시일반 힘을 보태 인터넷 백과사전을 만드는 등 적극적인 참여로 디지털 민주주의라는 새로운 사회현상을 만드는 데 '당신'이 기여했기 때문이다. 지금은 이런 세상이다. 이처럼 당신은 당신 자체로 세상 그 어느 누구보다 중요하게 부각되어 있다. 그러니 당신도 책을 써야 한다.

부디 이 책이 당신의 힘을 한군데로 모아주는 돋보기가 되어주었으면 정말 좋겠다. 그 결과, 당신이 언제 어디에 있든 누군가의 도움 없이도, 전직 누구라는 꼬리표 없이도, 당신 자신으로 제대로 평가받고 당당하게 대우받는 당신만의 '발가벗은 힘'을 갖게 되기를 희망한다. 자, 일단 시작하자. 저자는 그 책을 썼다는 사실만으로도 충분히 위대하다.

대한민국 프로방스 하늘 높은 서재에서
송숙희

목 차

이 책을 추천합니다   005

프롤로그   010

1

How to be a bestselling writer?

당신도 베스트셀러작가가 될 수 있다   022

디지털시대, 책은 진화한다   024

생애 최고의 학위, 내가 쓴 내 책 한 권   028

당신은 이미 타고난 작가   032

당신에겐 이미 책 쓸 '거리'가 있다   034

모르는 사람은 죽어도 모를 책 쓰는 즐거움   037

당신의 삶을 선택하고 집중하라   044

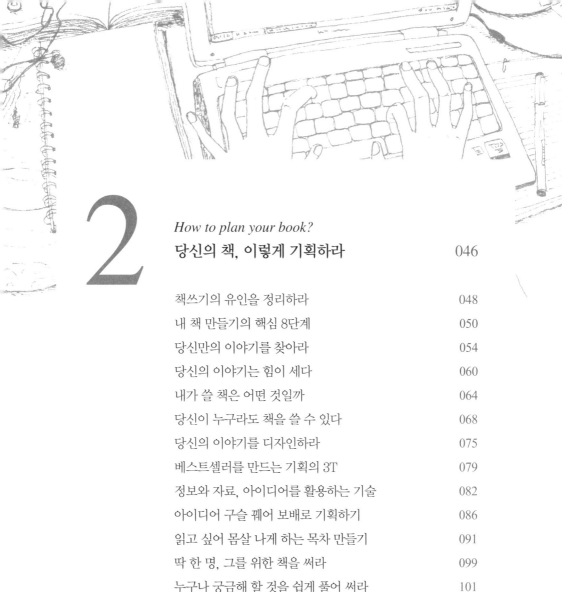

2

How to plan your book?

당신의 책, 이렇게 기획하라 046

책쓰기의 유인을 정리하라 048

내 책 만들기의 핵심 8단계 050

당신만의 이야기를 찾아라 054

당신의 이야기는 힘이 세다 060

내가 쓸 책은 어떤 것일까 064

당신이 누구라도 책을 쓸 수 있다 068

당신의 이야기를 디자인하라 075

베스트셀러를 만드는 기획의 3T 079

정보와 자료, 아이디어를 활용하는 기술 082

아이디어 구슬 꿰어 보배로 기획하기 086

읽고 싶어 몸살 나게 하는 목차 만들기 091

딱 한 명, 그를 위한 책을 써라 099

누구나 궁금해 할 것을 쉽게 풀어 써라 101

출간계획서를 쓰면 앞길이 훤해진다 105

책쓰기 전 꼭 해야 할 7가지 숙제 108

열리지 않는 문은 없다. 여러 경로를 모색하라 113

책쓰기를 방해하는 뻔한 변명 5가지 118

3

How to write your book?
당신의 책, 이렇게 써라 124

쓰겠다고 결심한 순간 당신은 이미 작가 126

책을 쓰고 싶으면 먼저 읽어라 133

책 쓸 때 반드시 고려해야 할 것들 136

첫 문장부터 무조건 써라, 지금 당장 141

초벌원고 쓰기의 원칙 143

형편없는 초고 말쑥하게 거듭나기 148

마침내 마침표를 찍어 세상에 던져라 153

독자를 유혹하는 제목 붙이기 요령 156

책 판매에 날개를 다는 표지 카피라이팅 161

책 한 권 쓰려면 얼마나 원고를 써야할까 166

책쓰기가 쉬워지는 10가지 습관 169

누구나 겪는 쓰기 슬럼프, 이렇게 극복하라 177

처음부터 끝까지 술술 읽히는 책을 쓰려면 183

언젠가는 꼭 한 번 쓰겠다는 당신이라면 186

내 책, 어떤 출판사가 좋을까 190

책쓰기의 마지막 관문, 자신을 넘어서는 법 198

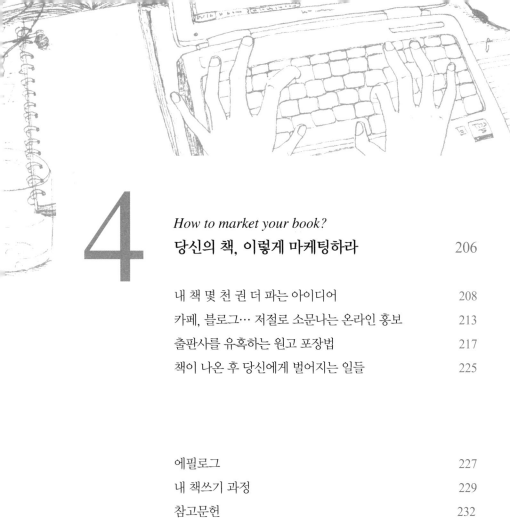

4

How to market your book?

당신의 책, 이렇게 마케팅하라　　　　　　　206

내 책 몇 천 권 더 파는 아이디어　　　　　　　208
카페, 블로그… 저절로 소문나는 온라인 홍보　　　213
출판사를 유혹하는 원고 포장법　　　　　　　217
책이 나온 후 당신에게 벌어지는 일들　　　　　225

에필로그　　　　　　　　　　　　　227
내 책쓰기 과정　　　　　　　　　　　229
참고문헌　　　　　　　　　　　　　232

How to be a bestselling writer?

당신도 베스트셀러작가가 될 수 있다

글쓰기를 시작할 때까지는 그것을 통해 무엇을 터득하게 될지 알 수 없다.
당신은 글쓰기를 통해 그런 것이 있는 줄도 알지 못했던 진실들을 알아차리게 된다.

-어니타 브루크너-

디지털 시대, 책은 진화한다

책은 정제되고 검증된 지식의 보고다.
—조선일보 2006년 3월 9일자 칼럼 중에서—

　광속으로 치닫는 디지털 시대에도 책은 떴다.

　신문과 TV, 거대한 미디어의 권력을 집어삼킨 인터넷에 밀려나 구식 미디어의 전형으로 박물관 살이나 할 줄 알았던 책이 역전의 쾌감을 즐긴다. 미국이나 중국에서는 책 판매액이 음반, 영화 매출을 크게 앞지르고 있다는 믿기지 않는 소식도 들린다.

　사람들은 책을 쓴다. 바쁘다고 아우성치면서도 돌아앉아 책을 쓴다. 선생님도 쓰고, 의사도 쓰고, 변호사도 쓰고, 정치인도 쓴다. 기업인도 쓰고, 직장인도 쓰고, 초·중·고등학생도 대학생도 백수도 쓴다. 할아버지도 쓰고, 아버지도 쓰고, 어머니도 쓰고, 아들도 딸도 쓴다. 요리사도 쓰고, 바리스타도 쓰고, 파티쉐도 소믈리에도 쓴다. 목사님도 쓰고, 교황님도 쓰고, 스님도 쓰고, 수녀님도 쓴다. 전직 대통령도 쓰고, PD도 쓰고, 아나운서도 기자도 영화감독도 배우도 쓴다. – 물론 직업적으로 쓰는 사람들은 제외하고 말이다.

이제 당신도 써서 한 권을 보탤 것이다.

왜 그렇게들 책을 쓰는 것일까? 블로그처럼 재미 삼아 쓰는 것도 아니고 술자리와 밤잠을 줄여가며 왜 그렇게들 쓰는 것일까. 쓰는 사람마다 동기는 다르겠지만 그들 누구나 손꼽는 이유 하나가 있다. 책쓰기가 가장 값싸고 가장 빠르고 가장 효과 확실한 자기마케팅 수단이라는 것! 당신의 수고로움만 뺀다면 비용도 전혀 들지 않는다.

사업 홍보를 위해 4쪽짜리 팸플릿을 만든다고 해보자. 팸플릿을 기획하여 문안을 쓰고 레이아웃을 생각해 인쇄소에 건네고 제작을 의뢰하면 종이 값과 인쇄 값을 지불해야 한다. 기획과 문안, 레이아웃까지 외주를 쓰려고 하면 비용은 그 이상 감당해야 함은 물론이다. 또한 인쇄된 팸플릿을 고객에게 배포하는 것도 돈이 드는 일이다. 그러나 당신이 책을 내면 출판사와 서점에서는 당신의 책을 내주고 팔아준다. 이 과정에서 당신은 저절로 충분히 홍보되고 인세까지 받는다. 돈을 벌면서 당신 자신을 마케팅하는 것이다.

그렇다면 빌 게이츠나 안철수, 힐러리, 스티브 잡스, 김제동과 같이 이미 잘 알려지고 돈도 잘 버는 저명인사들이 책을 쓰는 이유는 무엇일까? 저명할수록 할 일은 많고 시간은 부족할 텐데 말이다. 이들에게 책은 목표 대중에게 보다 친근하게 다가갈 수 있는 효과적인 매체다. 방송이나 신문, 잡지, 포털사이트 등 비중 높은 대중매체의 원천(source)이 바로 책이기 때문이다. 기자나 에디터는 누가 어떤 책을 썼느냐를 살피며 취재원을 발굴한다.

　오늘 아침신문에 실린 큼직한 기사의 모퉁이를 살펴보라. 기사에 전문가의 의견이 함께 실렸다면 그 전문가는 기사의 이슈와 같은 내용을 다룬 책을 펴낸 사람임에 틀림없다. 여성잡지에 실린 인터뷰기사를 살펴보라. 마침 화제가 되는 책을 펴냈기 때문에 인터뷰 대상이 된 경우가 대부분이다. 공중파 TV의 아침 토크 프로그램을 살펴보라. 출연한 연사들은 그 프로그램에서 다루려는 이슈와 관련된 책을 펴내 초청된 경우가 많다. 그들은 시의 적절한 내용을 다룬 책을 냈기 때문에 돈 한 푼 안 들이고 대중매체에 오르내리는 기회를 얻을 수 있었다.

　그렇다고는 해도 우리 시대의 주류로 돈과 명예를 양손에 거머쥔 내로라하는 스타들이 혼자 끙끙대며 책을 쓰는 이유는 뭘까. 그들은 TV, CF, 스크린, 공연무대를 장악하고도 성에 차지 않아 손바닥만한 출판시장까지 넘보는 것일까? 한창 잘나가는 아나운서 이재용은 『먹고 살자고 하는 짓』이라는 책을 내면서 삶에 지친 사람들에게 희망을 안겨주겠다고 했다. 가수 이적은 『지문사냥꾼』이라는 판타지 소설을 펴내 10만 부 이상을 팔면서 베스트셀러작가가 되었다. 박찬욱 감독은 『박찬욱의 몽타주』, 『박찬욱의 오마주』라는 제목의 산문집과 영화평론집을 냈다. 박신양도 자신이 출연하여 장안의 인기를 끌었던 드라마와 같은 이름의 『연人』이라는 장편소설을 썼다.

대중예술이나 스포츠는 수십 명, 수백 명의 전문가들이 모여 하는 공동작업인 반면 책쓰기는 개인작업이기 때문에 그들은 책쓰기에 욕심을 낸다. 책도 물론, 기획되어 서점에 깔리기까지 저자와 담당에디터, 영업담당자, 제작자 등이 협업을 하지만 원고만큼은 저자가 혼자 만들어내야 하기 때문에, 저자의 생각과 철학과 반성과 비전이 고스란히 토로되어 전달되는 매체이기 때문에, 그 과정에서 일어나는 집중력과 카타르시스 때문에 스타들은 책쓰기를 탐한다.

박수갈채와 뜨거운 조명에 익숙해진 엔터테이너들이 책을 씀으로 인해 자기 속의 또 다른 보석을 발견하듯, 당신에게도 책쓰기는 보물찾기가 되어줄 것이다. 당신 속에 내재된 보물을 캐내는 일 말이다. 연기인으로서 이미 정상의 자리를 확보한 탤런트 김혜자 씨는 아프리카 아이들의 눈물의 삶을 담은 책 『꽃으로도 때리지 말라』를 쓴 것이 평생 잘한 일이라고 고백했다. 책 쓰는 일은 당신이 그동안 열과 성을 바쳐 노력하고 일하고 공부하고 생각한 결과물을 일체화하는 작업이다. 그렇게 하여 탄생한 당신의 책은 당신의 상징이요 당신이란 브랜드 자체다.

생애 최고의 학위, 내가 쓴 내 책 한 권

앞으로 개인의 브랜드가 점점 중요해지게 되면 자신의 이름으로
자신의 경험을 포장하여 책을 내는 것처럼 효과 있는 일도 드물 것이다.
–공병호『핵심만 골라 읽는 실용독서의 기술』–

책쓰기의 가장 큰 즐거움은 책을 쓰는 과정에서 겪는 몰입에의 황홀경이다. 쓰는 동안 그 자체만으로도 당신은 충분히 행복하다. 나는 내가 기획하여 진행한 책의 저자가 원고를 마무리하면 꼭 묻는다.

"책을 쓰는 동안 무한정 행복하셨나요?"

그랬다고 대답한다면, '책의 주제가 당신의 꿈에 닿아 있었기 때문' 이라고 말해준다. 아마도 그는 책을 쓰며 맘껏 행복해하는 가운데 그 자신의 소명을 발견했을지도 모른다. 책을 쓰는 일은 당신의 존재 이유를 깨닫게 한다. 앞으로 어떻게 살아야 할지도 알게 한다. 그러므로 책쓰기는 삶이 주는 최고의 학위다. 더 이상 당신은 이력서도 프로필도 필요 없게 된다. 당신 이름으로 된 버젓한 책 한 권이 당신의 모든 것을 말해주기 때문이다.

책쓰기가 행복하려면 당신이 가장 흥미를 느끼는 내용에 대해 써야 한다. 말하고 또 해도 고갈되지 않은 그 일, 자다가도 생각하면 벙싯거려지는 그 일, 남들도 한결같이 '내 일'이라고 말하는 그 일, 그 일을 위해서라면 다른 많은 것을 포기할 수 있을 그 일, 지금은 아니지만 조만간 꼭 내 것으로 만들겠다고 벼르는 그 일. 바로 그런 일, 그런 것에 관한 내용이어야 당신이 책으로 써낼 수 있다. 이러한 일은 바로 당신의 천직이며, 당신이 남은 평생을 바쳐 후회 없이 해낼 수 있는 일이기도 하다.

외항선원이 되기를 벼르는 여대생이 있었다. 우여곡절 끝에 마침내 그녀는 크루즈의 여승무원이 되어 꿈을 이루는가 했다. 첫 출항을 하던 날, 그녀는 배가 항구에서 멀어지기 무섭게 승무원실에 널브러져 버렸다. 뱃멀미 때문이었다. 그녀를 진료하던 의사가 물었다. 하고많은 일 가운데 왜 크루즈 여승무원이 되고 싶은가, 하고. 그녀는 세상 곳곳을 돌아보며 자유로운 삶을 살고 그 여정을 책으로 써보고 싶기 때문이라고 말했다. 의사는 그녀에게 그렇다면 여행전문가가 되어 세계를 돌아다니며 발로 쓴 여행기를 써보면 어떻겠느냐고 제안했다. 몇 년 후 그녀는 여행전문잡지 기자가 되어 일 년 중 10달은 외국을 여행하고 여행기를 잡지에 기고하며 산다. 뒤늦게나마 꿈의 본질을 파악했기 때문에 가능했다.

나는 여성지 기자로 오래 일했다. 신나고 재미있고 그 일을 하는 한 언제나 행복했다. 그 일만이 나의 유일한 천직인 줄 알았다. 그러다 2000년 인터넷 바람을 타고 일의 성격을 바꾸었다. 여성포털사이트에서 콘텐츠를 개발하고, 인터넷쇼핑몰에서 온라인 마케팅을 하고, 출판기획을 통해 30만부 이상 팔리는 베스트셀러를 프로듀싱하고, 그와 맞물려 판매를 촉진하는 다양한 이벤트도 여는 등 세상이 변하면서 일어난 소용돌이를 맘껏 즐겼다. 그 결과 여성잡지가 아닌 다른 일에서도 여전히 신나고 재미있고 행복할 수 있다는 것을 알게 되었다. 내가 궁극적으로 원하는 일, 내가 하고 싶은 일의 본질을 파악할 수 있었던 것이다. 내가 하고 싶어 한 일은 잡지나 인터넷 등 특정한 분야에 종사하는 것이 아니었다. 그것은 겉으로는 어떤 모습을 하고 있든 간에 창의적으로 나를 표현하는 일, 그 일로 하여 여러 사람에게 영향력을 끼치는 일이라는 걸 알게 되었다.

첫 책을 쓰면서 책을 쓰는 일도 잡지를 만드는 일만큼이나 창의적이고 많은 사람에게 도움을 주며, 나를 한껏 드러내는 일이라는 것을 발견했다. 이제 나는 다른 어떤 일보다도 책 쓰는 일에 무게를 두고 산다. 죽는 날까지 내가 쓸 수 있는, 내가 써야만 가장 빛이 날 책의 주제를 찾아 열심히 책을 쓰기로 했다. 단 한 번의 책쓰기 경험이 평생의 과업, 라이프워크(life work)를 찾아내는 행운을 가져다 준 셈이다.

당신이 행복에 취해 책쓰기에 몰입하고 싶다면 우선 당신의 '그 일'을 찾아야 한다. 당신이 쓰려고 하는 그것이 당신이 진정 하고 싶어 하는 일에 닿아있어야 하기 때문이다. 그렇지 않고서는 스무 장짜리 원고지를 메우는 글쓰기도 아닌, 짧게는 몇 달, 길게는 한도 끝도 없이 매달려야 하는 책쓰기를 끝장낼 수 없기 때문이다. 새삼스럽더라도 당신이 오래도록 꿈꾸어온 것이 무엇인가 면밀히 살펴야 한다. 지금 눈앞에 펼쳐진 저수지에 그치지 말고 그 물길 끝을 찾아 올라가 봐야 한다. 그 끝에서야 당신이 진정으로 매료되어 열광하는 그 어떤 본질적인 것과 만나게 될 것이다. 그리고 알게 될 것이다. 당신이 정녕 무엇을 원하는가를.

『가슴 두근거리는 삶을 살아라』의 저자 마이크 맥매너스는

"무언가를 선택할 때는 그 길이 자신의 꿈을 이루기 위한 단순한 수단인지 아니면 장차 이렇게 되고 싶은 자신의 모습을 본질적으로 추구하는 길인지 검토할 것"을 권한다. 영화 「음란서생」으로 시나리오작가에서 감독으로 데뷔한 김대우 감독도 같은 경험을 들려준다.

"이전에 작품을 구상할 때는 자료를 많이 찾아보고 읽고 보고 들으려고 애썼는데 언제부턴가 내 속에서 소재를 찾아내는 게 중요하다는 생각을 하게 됐다. 내가 뭘 관심 있게 생각하는가, 무엇을 욕망하는가에 집중하게 되었다"

리처드 J 라이더와 데이비드 A 샤피로도 『새로운 시작을 위한 선택(repacking your bags)』에서 다음과 같은 일이라면 당신 꿈의 본질, 평생 과업인 게 분명하다고 소개한다.

- 배운 기억은 없지만 하는 방법을 알고 있는 일
- 별로 노력하지 않고도 탁월하게 잘하는 일
- 당신이 남들의 솜씨를 지켜보기보다 다른 사람이 주로 당신의 솜씨를 지켜보는 일
- 빨리 배우고 더 많은 것을 배우고 싶어지는 일

그저 한번 해보고 싶다는 의욕이나 '나라고 왜 못해?' 하는 오기에서, 혹은 해야 한다는 필요에서 출발한 책쓰기는 결과를 보기 힘들다. 당신의 소명과 삶의 주제에 가 닿아있지 않기 때문에 계속 하기가 어렵다.

당신은 이미 타고난 작가

"나는 머지않아 사라지겠지만 책은 영원히 남을 것이다."
–『로마제국쇠망사』 저자 에드워드 기번의 말–

작가란 이야기를 지어서 전하는 사람이다. 그렇다면 우리 모두는 이미 타고난 작가들이다. 영화를 보고 나서, 책을 읽고 나서, 부부싸움을 하고 나서, 상사에게 혼나고 나서, 출장을 다녀와서, 군대를 다녀와서, 아이를 낳고 나서… 있는 얘기에 없는 얘기로 살을 붙이고 없던 뼈대를 붙여가며 얼마나 자상하게 얼마나 신명나게 그것을 이야기하고 전하는가 말이다. 그런데도 책 한 권 쓰자고 하면 고개를 내젓는다. 하기는, 이야기야 생각이 드나드는 대로 쏟아내면 그만이지만 책은 아무나 쓰는 게 아니라는 선입견을 누구나 가지고 있다.

물론 그동안은 그랬다. 책쓰기는 누구나 하겠다고 덤벼서는 안 되는 성역 중의 하나였다. 책쓰기는 아무나 할 수 없는, 직업적으로나 쓰기를 타고난 몇몇 사람들만 부여받은 특권이었다. 그러나 상황이 많이 달라졌다. 인터넷이라는 미디어가 활성화되면서 쓰기에 대한 부담을 덜게 되었다. 블로그든 개인 홈페이지든 인터넷 카페든 수다를 떨듯 글을 써서 올리기를 다반사로 하면서 쓰기가 만만해지기까지 했다. 그 와중에 책에 대한, 그리고 쓰기에 대한 부담이 상대적으로 적었던 젊은 세대들은 『엽기적인 그녀』, 『그 놈은 멋있었다』 등 온라인에 쓴 글을 모아 책으로 펴내고, 그것이 또 영화로 만들어지는 새로운 프로세스를 창출하기까지 했다.

당신은 그들과 어떻게 다른가. 결론부터 얘기하자면 다르지 않다. 아니, 딱 하나 다른 게 있는데 그들은 일단 썼고, '될까?' 하는 의심을 무시했고, 되든 안 되든 한 번 해보겠다고 덤볐다. 그렇다면 당신도 할 수 있지 않을까. 당신의 이야기를 계속하기만, 해대기만 하면 되는 거 아닌가.

반가운 사실은 하나 더 있다. 출판사는 책을 기획하고 만들고 파는 전문가들로 구성되어 있다. 책쓰기에 대한 당신의 의도를 전하면 전문가들은 하나의 상품으로서 책이 만들어지기까지의 모든 과정을 친절하게 안내해 줄 것이다. 당신이 쓴다고 해서 무조건 책으로 만들어지는 건 아니지만, 전문가들의 충고와 안내를 수용하고 반영하면 당신이 생각하는 이상의 결과를 얻을 수 있기도 하다.

당신에겐 이미
책 쓸 '거리'가 있다

참된 창조자는 가장 흔해 빠지고 미천한 것에서
주목할 만한 가치가 있는 뭔가를 늘 발견할 줄 아는 사람이다.
-이고르 스트라빈스키-

당신에게 무슨 쓸 거리가 있겠느냐고 좌절하기 전에 다른 사람들은 어떻게 쓸 거리를 찾았는지 알아보자.

시인 존 키츠는 말했다. "모든 사실은 당신이 사랑해야만 진실이 된다"
나도 안다. 마음에 없으면 뻔히 보고 있으면서도 눈에 들지 않는다. 당신은 무엇에 열심인가. 당신의 관심은 무엇이 채우고 있는가. 아니, 지금 당신의 눈앞에 있는 그것에 마음을 열어보자. 그리고 자주 눈길을 주자. 그러면 그것은 이미 당신에게 '하나의 의미'가 된다. 당신이 원하기만 하면 당신과 당신 주위의 모든 것은 매우 소중한 의미가 된다.

연신 쏟아지는 세상의 모든 책들은 바로 '관심갖기와 마음열기'라는 애정행각에서 비롯된다. 신간소개 기사를 보며 '어, 나도 이런 생각했는데…' 했던 경험이 당신에게도 있을 것이다. 같은 생각을 하면서도 당신의 관심이 다른 것에 머물러 있는 동안 책의 저자들은 마음이 가는 그 곳에 관심의 창을 열어놓고 사소한 것까지 눈길을 주고 관찰함으로써 한 권의 책을 만들어낼 수 있었다. 나도 그런 경험이 많다. 가령 동네 입구 철물점에 손님이 드나드는 것을 본 적이 없었던 나는 '이 철물점은 가게 유지비나 나올까?', '곧 문을 닫게 되지 않을까?' 하고 사서 고민한 적이 있다. 일본의 유명한 회계사인 야마다 신야도 나와 비슷한 생각을 했던 모양이다. 결국 그는 일상생활에서 흔히 접하는 사례를 통해 회계를 쉽고 재미있게 배울 수 있도록 하는 『동네 철물점은 왜 망하지 않을까』라는 책을 썼다. 현장을 뛰는 세무고수가 알려주는 뒷골목 회계학, 이라는 카피가 매혹적인 『사장의 벤츠는 왜 4도어일까』도 시작은 같다.

눈을 가늘게 뜨면 많은 것들이 보인다. 우선 할일은 당신이 존재하는 '지금 여기'에서 오감을 활짝 열어젖히는 것이다. 그러면 보인다. 그러면 들린다. 당신이 먼저 애정을 기울이면 그 애정은 부메랑이 되어 당신에게 되돌아온다. 그러면 당신에게도 쓸 거리가 생긴다.

작가 최인호 씨는 『문장』에서 '지금, 여기'에 집중할 수 있는 능력은 '헬렌켈러가 받은 것과 같은 최고의 은총'이라고 소개했다. 그 '은총'에 대해 헬렌켈러는 이렇게 쓰고 있다.

"봄이 오면 나는 벚나무의 가지를 손으로 더듬어봅니다. 벚나무 등걸 속으로 흐르는 물을 나는 손끝으로 느낄 수 있습니다. 여러분들은 이 놀라운 기적을 그냥 지나쳐 버리고 맙니다. 여러분들이 하루에 한 시간씩만이라도 장님이 되거나 귀머거리가 된다면 저 벚나무의 꽃과 저 나뭇가지를, 날아다니는 새의 울음소리를 보고 들을 수 있는 사소한 기쁨이야 말로 최고의 은총임을 깨달을 것입니다"

『모든 날이 소중하다』에서 작가 대니 그레고리는 선입견 없이 있는 그대로 사물과 현상을 보면 정말 소중한 것들을 볼 수 있다고 조언한다. 그는 또 서두르지 않고 마음이 가는대로 내버려두면, 천천히 애정을 담아 바라보면, 그것이 무엇이든 아름다움을 볼 수 있고 사랑스러움을 느끼게 된다고. 그리하여 모든 것은 특별한 존재이고 서로 다 다르며 흥미롭고 아름답다는 것을 알게 된다고 설명한다.

뭔가를 새로이 만들어내는 사람들은 예나 지금이나 주위의 사물을 찬찬히 관찰하는데서 진정한 가치를 찾아내는 사람들이다. 정민 교수가 소개하는 조선조 실학자 박제가의 시 「위인부령화(爲人賦嶺花)」에서 관찰의 힘을 배워보자.
"붉다, 는 한글자만 가지고
눈앞의 온갖 꽃을 말하지 말라
꽃술에는 많고 적고 차이가 있거니
꼼꼼히 하나하나 살펴봐야지"

찬찬히… 그리고 꼼꼼히 당신의 삶과 그 주위를 들여다보자. 그 눈길이 머무는 어딘가에서 당신이 책으로 쓸 수 있는 '거리' 가 발견될 것이다. 당신의 삶이 날마다 축제가 될 터이다.

모르는 사람은 죽어도 모를
책 쓰는 즐거움

당신의 삶에 대한 주인의식을 가지고
세상 속에서 자신의 이야기를 진행시켜라.
─여훈 『최고의 선물』─

가보지 않은 길은 제대로 알기 힘들다. 십수년 책을 만들어왔지만 내 첫
책을 쓰면서, 그리고 그 이후 나의 생각과 느낌과 삶은 단순히 책을 만들던
때와는 판이하게 달라졌다. 무엇보다 책을 쓰면서 나는 참으로 많은 공부
를 했다. 한 줄 문장을 위해 수십 권의 책을 읽어야 했고, 한 줄 사례를 찾
기 위해 대여섯 가지의 일간지를 섭렵해야 했다. 또한 독자들에게 유용한
내용을 쓰기 위해 다방면으로 많은 사람을 만나야 했고, 내 생각을 알기 쉽
게 정리하기 위해 수많은 연습장을 버려야했다. 그 외에도 다음과 같은 훈
장들을 줄줄이 받았다. 책을 쓰면서, 책을 쓴 후에.

해당 분야의 전문가로 인정받는다

순천향대학에서는 2007학년도 1학기 교양과목으로 '이순신 리더십과
충무공 정신'을 개설하면서 다음과 같이 교수진을 구축했다.

『임진왜란 해전사』의 저자인 해군사관학교 이민웅 교수, 『경제전쟁시대에 이순신을 만나다』의 저자인 서강대 지용희 교수, 『이순신이 싸운 바다』의 저자인 이봉수 한국토지공사 기획실장, 『이순신과 원균, 갈등과 리더십』의 저자인 박경식 박사

모두 이순신 장군과 관련된 책을 썼다는 공통점을 지녔다. 책을 쓰는 동안 당신은 설정한 주제에 대해 더 깊이 더 넓게 인식하고 파고듦으로써 지적역량이 훨씬 강화된다. 그 결과 당신이 일하는 분야에서 정통한 전문가로 인정받게 된다. 첫 책『돈이 되는 글쓰기』가 나오자 기업과 대학, 관공서 등에서 글쓰기에 대한 강연을 부탁해왔다. 그 전까지만 해도 나는 '말하기'는 내가 할 일이 아니라고 생각해왔는데, 여러 곳에 여러 번 불려 다니며 강의를 하다 보니 글쓰기 못잖은 재미가 붙었다. 그렇잖아도 내 사주에 '선생'이 들었다고 했으니 글쓰기 선생으로 살아볼까, 잠시 고민하기도 했다.

열정을 집중할 수 있다

출간된 지 보름 만에 2만부가 팔린『다산선생 지식경영법』을 쓴 정민 교수는 안식년을 맞아 미국 동부의 프린스턴대학에 머물렀다. 모처럼 산더미 같은 시간을 확보한 정 교수는 벼르고 있던 다산 선생의 저술 작업에 대한 궁금증을 풀어가기 시작했다. 한 사람이 베껴 쓴다 해도 10년은 족히 걸릴 수백 권의 책을 어떻게 18년 동안에 써낼 수 있었을까. 이 문제에 정 교수의 안식년은 받쳐졌다. 그는 또 이렇게 고백한다.

"작업을 시작한 뒤로는 다른 일은 아무 것도 흥미가 없었다. 매일 하던 운동도 붓글씨 연습도 시들해졌다. 길을 가면서도 다산만 생각하고 밥 먹

으면서도 다산을 떠올렸다"

이만한 열정이면 무슨 일을 못하겠는가. 책쓰기는 당신의 끓어오르는 열정을 한데 모아 더 큰 불꽃으로 지펴준다. 그 불꽃은 지금껏 당신이 지향해온 삶의 방향을 더욱 환하게 밝혀준다. 책을 한 권 써내고 나면 그 결과와 상관없이 책을 써냈다는 자체만으로 당신에게 대단한 자신감과 추진력을 선사한다. 스물 네 시간 산고 끝에 아이를 낳은 산모에게 불가능한 일이 없듯, 자신의 책을 손에 든 당신, 못할 게 없어진다.

돈 한 푼 들지 않는 셀프마케팅

세계무대를 장악하는 프로골퍼 박세리와 박지은. 당신이 보기에 누가 나은가? 그들의 성적이 말해주듯 두 선수는 막상막하다. 그런데 얼마 전 그 막상막하의 균형이 깨지는 일이 생겼다. 박지은 선수가 『박지은의 프리미엄 골프』라는 책을 펴낸 것이다. 중앙일보 지면을 통해 같은 제목의 칼럼을 연재하면서 골프마니아들 사이에 관심을 증폭시키더니, 동영상 DVD까지 곁들인 폼나는 책으로 마침표를 찍은 것이다. 그동안 박세리 선수는? 안타깝게도 슬럼프를 극복하느라 분투했다. 마케터 스티븐 브라운은 『포스터모던 마케팅』에서 "책쓰기는 마케팅을 증폭시키는 또 하나의 훌륭한 방법"이라고 강조했다.

생각해보자. 전국의 크고 작은 서점과 인터넷 서점 등지에서 당신의 이름과 당신의 사진과 당신의 프로필이 실린 책이 팔려나간다. 당신이 가만히 있어도 서점과 출판사에서는 당신의 책을 더 팔기 위해 프로모션 아이디어를 고심한다. 책을 통해 드러난 당신의 전문성은 대외적인 공신력을 얻게 된다. 어떤 기업에서 임직원 수백 명에게 당신 책을 선물할 수도 있다. 전국의 공공도서관에 당신 책이 비치되어 수많은 학생들이 당신의 책을 읽기도 할 것이다. 또 당신이 소속되어 있는 회사나 조직의 상징적 존재로 부각되어 조직을 대표하는 브랜드로서 활약하게 될지도 모를 일이다.

화장품 전문 기업 태평양의 남용우 과장 사례를 들어보자. 그는 사내에서 남성미용의 전도사로 통한다. 여기에 남자들의 미용법에 대해 다룬 『남성 그루밍』이라는 책자를 펴냄으로써 사내외를 통틀어 이 분야의 독보적인 존재가 되었다. 앞으로 막강한 글로벌 기업에서 남성미용제품을 한국에 들여보낼 때 남용우 과장은 스카우트 0순위가 될 것이 뻔하다. 히딩크 감독도 최근 출간한 자서전 『마이웨이-히딩크 자서전』에서 세금 탈루혐의로 물의를 빚었던 것에 대해 많은 지면을 할애함으로써, 위대한 업적에도 불구하고 검소하게 생활하면서 어려운 이웃을 잘 돕는다는 평소의 이미지를 가꾸는데 한몫했다.

삶을 업그레이드 한다

당신의 재능과 특성, 가치에 대해 스스로의 확신을 갖게 되고 대외적인 신뢰도까지 더해져 보다 큰 일, 보다 큰 기회를 준비하고 맞이하게 된다. 개그맨 김종석 씨가 그랬다. 그는 한때 성인개그전문가였다. 어느 날 어린이 대상 프로그램에 출연하면서 어린이 대상 전문 엔터테이너로 부각되었고, 『아빠가 놀아주면 아이는 확 달라진다』라는 관련 책도 펴냈다. 이 책의 출간으로 인해 그는 유아교육 전문가의 입지를 단단히 굳혔고, 그 전문성을 인정받아 서정대학교 유아교육학과의 조교수로 임명되었다. 『엄마학교』를 쓴 서형숙 씨 역시 책을 출간함과 동시에 언론에 대서특필되는 등

'엄마들'을 가르치는 사람으로서 새로운 삶을 열었다.

인세수입으로 주머니까지 두둑!

당신의 책 한권이 당신의 삶에 미치는 긍정적인 영향이야 돈으로 헤아릴 수 없지만, 책을 출간하고 받는 인세수입 자체도 만만히 볼 것은 아니다. 독자들이 당신의 책을 한권 씩 사줄 때마다 출판사는 당신에게 인세를 지급한다. 책값을 평균 1만원으로 상정하면 권당 많게는 1천원에서 6~7백원까지 당신에게 돌아간다. 단순하게 계산하면 1천권만 팔려도 최소 50만원, 처음 찍어내는 3천부가 모두 팔리면 150만원의 수입이 들어온다. 1만부면? 돈 벌자고 시작한 작업은 아니지만 뜻밖의 인세수입으로 당신의 주머니까지 든든해진다. 『공부기술』의 저자 조승연은 책이 나올 당시 대학교 3학년이었다. 이 책은 30만 부 이상이 팔렸다. 단순계산으로 권당 천원의 인세를 받았다고 본다면 3억원의 인세를 번 셈이다.

가문의 영광

당신이 쓴 책은 자식으로서 부모님께는 자식농사 잘 지은 훈장이 되고 자녀에게는 귀감이 된다. 인세는 유산으로 상속도 된다. 아동교육서를 펴내는 한국프뢰벨 창업주 정인철 회장은 내로라하는 기업가이지만 최근에서야 손자 녀석에게 "할아버지, 짱"이라고 인정을 받았다. 동화작가로 꿈을 키워온 정인철 회장이 동화책『산타할아버지께 선물을 드려요』를 써낸 것이다. 책을 본 손자가 그때서야 학교에 가서 동네방네 "우리 할아버지가 쓴 책"이라고 자랑을 했다는 것이다. 내 어머니도 내가 쓴 첫 책이 나오자 수십권 사서 동네 친구 분들이며 친인척들에게 한 권 씩 돌리셨다. 책 서문에 사랑하는 사람들 그리고 평소 신세 진 사람들을 호명하며 사랑과 감사를 보내는 멋도 책을 쓰며 느낄 수 있는 기쁨이다.

2막 인생을 대비하는 결정적 기술

『문장기술』의 저자 배상복 씨는 중앙일보 계열 어문연구소에 재직하며 중앙일보의 교열업무를 담당하는 현직기자다. 조인스닷컴에 '우리말 산책'이라는 블로그를 만들어 자신의 업무와 관련된 우리말에 관한 칼럼을 연재해왔다. 블로그에 콘텐츠가 상당량 쌓이자 책으로 펴낸 것이 바로 『문장기술』이다. 이후 그는 『엄마가 보는 논술』, 『글쓰기 정석』을 연달아 출간하며 글쓰기 전문가로 입지를 탄탄히 다졌다. 이제 그는 직업인이자 전문 작가로, 글쓰기 강사도 병행하는 새로운 삶의 기술을 맘껏 구가하고 있다.

농협에 근무하면서 서비스에 관한 책을 연이어 내놓으며 서비스 전문가로 자리매김한 조관일 씨도, 서비스전문가로서 책쓰기와 강연하기만으로도 제2의 삶을 살아내기에 충분하다고 얘기한다. 이러한 배경은 책을 쓰게 된 덕분이라고 설명하며 만나는 사람들마다 책을 쓰라고 권한다. 여기에 책이 꾸준히 잘 나가주는 행운까지 찾아와 준다면 평균수명 80세 시대에 최상의 노후준비가 된다.

21세기 식 나눔의 실천

『수학의 정석』이라는 책은 세상에 나온 지 40년이 됐고 모두 3700만 권이 팔렸다. 이 책의 저자 홍성대 씨는 자립형 사립고를 세워 인재를 양성하는 일에도 이 책의 인세를 사용했다. 창의적인 사람만이 살아남는 지식경제시대, 혼자 알뜰히 가꿔온 당신의 지식과 경험을 체계화하여 많은 사람과 공유하는 과정에서 당신은 이 시대가 부여한 새로운 가치인 '나눔'에 동참하는 행운도 누리게 된다. 이 과정에서 당신은 나누면 나눌수록 명예와 돈과 권위로 되돌아오는 나눔의 신비를 경험하게 될 것이다.

책을 쓰든가 짐을 싸든가?

동아일보 워싱턴 특파원 김승련 기자는 최근 칼럼에서 '워싱턴을 중심으로 한 미국 사회에서의 책쓰기'의 위력에 대해 말했다.

김 기자는 전문가를 인터뷰할 때 한국에서 하던 대로 나이나 출신학교, 사회경력 등을 파악해 기사에 반영하려 했으나 그게 여의치 않았다. 인터뷰어에게 직접 물어봐도 대답이 신통치 않아 인터넷 검색을 통해 자료를 찾아보곤 했는데 그 결과도 저서 몇 권, 집필 중인 책에 대한 것 정도여서 곤혹스러웠다. 그때부터 대중매체에 전문가가 소개될 때 프로필을 유심히 보는 버릇이 생겼는데, 우리에게 익숙한 어느 학교 졸업에 어떤 학위니 하는 식이 아닌, 현직과 최근의 저서명이 프로필의 전부인 경우가 많았다고 한다. 김 기자는 '중년이 된 교수들이 30년 전에 다니던 학교의 랭킹을 팔고 싶지 않아 한다는 자존심이 느껴졌다'고 칼럼에 썼다. 덧붙여 미국 전문가들은 책쓰기로 자기평가를 받고 있으며, "책(논문)을 써라. 아니면 짐을 싸든가(publish or perish)"라는 경구를 숙명처럼 품고 다니더라고 전했다.

당신의 삶을 선택하고 집중하라

내 안에 있는 금맥을 찾아 캐내는 일,
바로 그것이 나다워지고 내가 되는 것이 아닐까요?
－정진홍 『완벽에의 충동』－

누가보든 성공한 사람은 뭔가 '힘 있는' 한 가지를 선택하고 그것에 집
중한 사람들이다. 작가 이채운 선생은 이런 사람을 두고 '제대로 사는 인
간'이라 명명한다. 정말 중요한 것에 힘을 몰아주고 나머지는 대충 살아야
제대로 사는 것이라고 한다. 에디슨은 평균 스무 시간 씩 일했는데 그는 그
것을 일이라 여기지 않고 공부라 불렀다. 그는 말한다. "사람은 누구나 온
종일 쉬지 않고 어떤 일을 하고 있다. 직장에서 일을 하거나, 집에서 쉬거
나, 신문을 읽거나, 산책을 하거나, 생산을 하며 산다. 만일 그들이 7시에
일어나 11시에 잠자리에 든다면 그들은 열여섯 시간을 활용할 수 있다. 유
일한 차이는 그들은 많은 일을 하고 나는 오직 한 가지만 한다는 거다"

『돈이 되는 글쓰기』, 『고객을 유혹하는 마케팅 글쓰기』 등 전작을 쓰는
동안, 나는 오로지 쓰기만 했다. 시작하는, 끝나는 시간을 정해 놓고 쓰기

도 했고, 짬짬이 시간 나는 대로 썼고, 산책을 할 때도 머릿속에서 문장을 만들었다. 생각만큼 써지지 않을 때는 단 십 분 만이라도 쓰자며, 200자라도 쓰자며 스스로를 달래어 썼다(그 10분이 1시간을 넘어 계속되는 경우는 흔했다). 무엇을 하기에 어정쩡한 시간들−가령 온 식구들이 곤하게 늦은 잠을 자고 있는 일요일 아침이나 TV를 보다 싫증난 늦은 밤에도 맘 잡고 쓸 때를 대비하여 메모를 썼다. 주방 테이블에 노트북을 켜놓고 밥이 뜸들어가는 소리를 들으며 쓰기도 했다. 마치 수험생처럼 써댔다.

책쓰기에 집중하면서 내가 했어야 했던 많은 일들은 자연 우선순위별로 정리가 되었다. 결국 '꼭 하지 않으면 안 되는 일'부터 하게 되었고, 습관적으로 하는 중요도가 떨어지는 일들은 차례를 만나지 못해 떨어져 나갔다.

『단순하게 살아라』의 작가 로타르 J. 자이베르트는 『넌 느리고 난 빠르다』에서 당신의 삶에 있어 진동추를 어느 방향으로 기울일 것인가를 결정하라고 권한다. "중점을 어디에 두는가는 자기 자신이 결정한다. 최고의 경력을 쌓고 많은 돈을 벌기로 결정했다면 여유를 가질만한 시간이 없다고 한탄해선 안 된다. 반대의 경우도 마찬가지다. 인생에서 여유를 갖기로 결정했다면 남들이 더 많은 돈을 번다고 한탄해서도 안 된다"

당신이 선택하고 결정한 책쓰기에 매달리다보면 가족들도 당신이 해야 할 대단치 않은 의무와 책임에 대해서는 한 수 접어준다. 책쓰기란 아무나 하는 일이 아니라고 생각하기 때문이다.

2

How to plan your book?

당신의 책, 이렇게 기획하라

'이게 정말 쓸 만한 이야기인가? 독자들이 싫어하는 거 아니야?
공연히 헛수고하면 어떡하지?'
그러나 답은 없다. 적어도 책이 출판되기 전까지는.

-시드니셸던 「스누피의 글쓰기 완전정복」-

책쓰기로 유인한 생각들을 정리하라

모방으로는 결코 성공하지 못해요. 반드시 남과 다른
'자기 것' 이 있어야 하지요. 남준이 바로 그런 것을 했지요.
－오노요코가 예술친구 故백남준을 추억하며－

   본격적으로 책쓰기에 들어가기 전, 지금까지 당신을 책쓰기로 유인한 생각들을 하나씩 정리해보자. 당신은 왜 써야 하는가, 당신이 책쓰기를 통해 궁극적으로 이루고자 하는 것은 무엇인가. 즉, 당신이 책을 쓰는 목적이 무엇이며 어떤 비전을 가지고 책을 쓰려하는가에 대한 자문자답을 해야 한다. '목적' 은 북극성 같은 것이다. 물리적으로 도달할 수는 없지만 쉬지 않고 지치지 않고 앞으로 나아가게 하는 방향을 제시해준다. '비전' 은 당신의 책쓰기가 도달하는 궁극적인 지향점이다.

   내가 쓰고 있는 이 책의 목적은 '작자 개개인들이 자신만의 전문성과 독특한 사고를 한 권의 책을 통해 표현하게 하는 것' 이다. 그리고 그 비전은 '독자들이 모두 자신이 쓴 버젓한 책 한 권으로 정체성 확고한 힘 있는 삶을 살아가게 하는 것' 이다.

GE코리아 이채욱 회장이 『백만불짜리 열정』을 쓴 목적은 '이 회장 자신의 성공 비결과 자기 경영법을 묻는 수많은 질문에 대한 답을 주기 위해서'다. 그리고 책의 비전은 '독자들이 끊임없는 도전과 승리의 정신으로 스스로를 채워가길 바라는 것' 이다. 『비전으로 가슴을 뛰게 하라』의 목적은 '독자들이 책을 읽고 자신의 부서, 업무, 개인의 삶을 위한 비전을 창조하는 방법에 대해 실제적인 아이디어를 얻게 되길 바라는 것' 이며, 비전은 '그 과정을 통해 독자의 삶이 마치 대형선박이 최고의 에너지를 쏟아 부으며 앞으로 나아가는 것처럼 전속력으로 앞으로 나아가기를 바라는 것' 이다.

　　당신이 어떤 목적과 비전을 가지고 책을 쓰든 그것은 온전하게 당신 몫이다. 누구보다 나은 목적, 누구보다 못한 비전 따윈 없다. 당신다운 목적과 당신다운 비전이 책 속에 제시될 수 있으면 된다.

　　책을 쓰기 위해 당신의 목적과 비전을 더듬는 일은 당신에게 많은 것을 요구할지도 모른다. 지금 있는 자리를 떠나 생각에 집중하라고 요구할 수도 있고 집중을 위해 스스로를 유배하라고 명령할 수도 있다. 『연금술사』의 작가 파울로코엘료는 산티애고로 순례의 길을 떠났다. 실로 어려운 여정이었지만 그는 자신의 목적과 비전을 찾을 수 있었다.

　　목적과 비전이 분명해지면 책의 서문이 저절로 만들어진다. 그만큼 당신이 책을 쓰면서 지향해야 할 방향과 결과에 대해 확신이 강해진다는 것을 의미한다. 이것이야말로 당신이 책을 써야 하는 이유이면서 독자가 당신의 책을 읽어야 하는 이유이기도 한 것이다.

내 책 만들기의 핵심 8단계

대상에 대한 올바른 인식은 많은 정보나 과학적 분석이 아니라
대상과 필자의 관계로부터 옵니다.
애정의 젖줄로 연결되거나 운명의 핏줄로 맺어짐이 없이
다만 대상을 관찰하고 연구하는 것만으로는 불가능합니다.

-신영복-

책쓰는 사람으로 살기	
마케팅	배본 및 영업, 마케팅
제작	인쇄 제본
포장	편집, 디자인, 교정
편집	원고 다듬기, 거듭 쓰기, 교정 및 교열, 완전 원고 만들기, 보도자료 작성
집필	서문쓰기, 초고 쓰기, 2차, 3차 쓰기
구성	주제 확정, 목차 작업, 목차에 다른 세부 원고구성, 원고매뉴얼, 원고작성지침, 표지문안 만들어 보기
구상	주제탐험, 목표독자설정, 목표독자 수요파악, 시장환경 파악, 컨셉팅, 포지셔닝, 개요잡기, 출간계획서 만들기
착상	관심이 가는 자료 확보, 자료 분석, 주제의식을 주제로 만들어가는 과정. 책을 쓰고 싶다는 요구에 부응하기, 책을 써보겠다고 결심하기
기획	

표를 보면 착상에서 쓰기 및 마케팅까지 책쓰기의 전 과정을 주춧돌처럼 받쳐주는 것이 기획 작업임을 알 수 있다. 그만큼 기획이 중요하다. 1000 자짜리 간단한 칼럼 한 꼭지(칼럼이나 기사의 단위를 꼭지라고 한다)를 쓰더라도 칼럼의 개요와 필요한 소재 찾기, 원고쓰기에서 다듬기까지 기획이 필요하다. 그래야 칼럼의 컨셉이나 주제에 걸 맞는 글이 나온다. 그러니 책쓰기에 있어 기획이란 아무리 강조해도 수다스럽지 않다.

1단계 : 착상

'나도 책을 쓸 수 있다' 는 의욕과 열정으로 '무엇에 대해 쓸까' 를 연구하는 단계, 특별히 자신 있는 일이거나 언제나 자신을 흥미의 도가니로 몰아가는 주제 등을 찾는 과정이다. 모든 채널을 열어놓고 관심 가는 자료를 모으고 자료를 분석하여 막연한 주제의식을 주제로 만들어가야 한다.

➜ 〈책쓰기 전 과정 셀프 프로세스〉 참고. 95~98페이지

2단계 : 구상

착상의 단계를 지나다 보면 가만히 있어도 차고 넘치는 주제나 아이템을 만나게 된다. 한 번 써보고 싶다고 기염을 토하게 되는 '거리' 가 걸러진다. 주제가 분명해지기 시작하고, 그 주제에 대해 머릿속에서 할말이 쏟아져 메모지가 넘쳐나면 이제 시작할 때가 되었다는 암시다. 이 때를 놓치지 말고 출간계획서를 만든다. 무엇을 써서 누구에게 어떤 방법으로 읽힐 것인가를 구체적으로 설정하고 그것을 시장동향에 맞게 연구하여 소정 양식의 문서로 작성하는 것이 출간계획서다. 출간계획서를 쓰다보면 당신의 책쓰기는 보다 명료하게 가닥이 잡히고 빨리 시작해야겠다는 조바심에 입맛을

다시게 된다.

3단계 : 구성

구상의 단계에서 확정된 주제나 컨셉을 어떤 내용으로 끌고 갈 것인가, 세부적인 내용 연구로 들어가는 단계다. 일반적으로 주제를 받혀주는 핵심 메시지를 3~4개 만들고 그 메시지에 대한 세부적인 내용을 찾아내어 정리하는 단계로, 이 과정이 끝나면 대략적인 목차가 나온다.

세부적인 원고구성방법, 원고 매뉴얼, 원고작성지침까지가 이 단계에서 해야 할 일이다. 표지에 들어갈 문안까지 만들어보면 책의 얼개가 거의 짜진다. 이때 기억해야 할 것은 주제가 확정되어 세부적인 내용까지 정리된다하더라도 책을 쓰는 동안 주제나 내용은 유연하게 가다듬어져야 한다는 것이다. 이 단계에서 책의 집필 일정까지도 구체화되어야 한다.

4단계 : 집필

본격적으로 쓰기에 돌입하는 단계. 초고를 쓰고 고쳐 쓰고 거듭 거듭 쓰는 단계. 목차의 수순대로 쓰는 것이 사고의 전개에 도움이 되긴 하지만 반드시 그렇지는 않다. 특별히 흥미가 가는 내용에 대해 먼저 쓰게 되면 책쓰는 속도가 빨라지고 더욱 재미를 붙이게 된다. 단, 본문 집필 전에 서문을 반드시 쓰자. 그래야 본문쓰기를 하는 동안 책의 방향성이나 책이 가고자 하는 방향, 누가 읽게 되는 책이며, 어디에 중점을 두고 써야할지가 다시금 환기된다. 서문은 원고를 다 쓴 다음에 다시 점검하여 서문에서 얘기한, 쓰려고 한 내용대로 원고가 써졌는지 반드시 확인해야 한다.

5단계 : 편집

일단락 된 원고를 책으로 펴내는데 필요한 원고 상태로 다듬는 과정이다. 본문 원고 외에 한권의 책을 펴내는 데 필요한 내용들까지 원고로 써내는 것도 이 과정에서 할 일이다. 표지, 목차, 서문(미리 쓰지 않았다면), 추천사, 색인 등의 내용을 보강하여 제작에 들어갈 수 있는 완전한 원고로 만들어야 한다. 이때 보도자료를 미리 써보면 원고에서 빠진 내용, 더욱 강조할 내용 등 홍보에 필요한 요소를 보완하는 데 크게 도움이 된다. 이 단계부터 출판사 쪽의 역할이 더욱 커진다.

6단계 : 포장

제작을 위한 준비단계다. 원고 상태의 텍스트를 읽기 쉽게 레이아웃하고 보조 이미지를 더하는 편집디자인과정을 거쳐 필름이 제작되면 최종적으로 점검하고 수정하는 단계도 여기에 속한다. 이와 동시에 판매를 위한 마케팅 기획에 들어간다.

7단계 : 제작 및 마케팅

제작된 필름을 인쇄소로 넘겨 책으로 제작한 다음 마케팅을 실행하는 단계다. 매체별로 보도자료를 만들고 판매촉진을 위한 광고나 홍보 이벤트를 기획, 실행한다.

당신만의 이야기를 찾아라

나는 우리 모두에게는 창조적 코드의 가닥들이 있고,
그것이 우리의 상상력 안에 회로처럼 얽혀있다고 믿는다.

－트와일라 타프 『창조적 습관』－

　할 얘기, 쓸 거리가 무진장 많은 것처럼 여겨지다가도 막상 뭘 쓰겠느냐
고 다그침 받으면 난감해진다. 책의 주제를 세우는 일에 엄두가 나지 않거
든 대형서점에 나가 매대에 잔뜩 깔린 책들을 살펴보라. 별의 별 내용의 책
들이 넘쳐난다. 세상이 알아주는 학자나 전문가는 아니지만 자신의 분야에
서 나름의 성취를 이룬 저자들이 생업이나 독특한 경험과 관련된 내용을
책으로 펴내고, 같은 관심사를 가진 독자들과 공유를 시도하고 있다. 『악마
는 프라다를 입는다』는 세계적인 패션지 '보그'의 편집장이 쓴 책이 아니
다. 그녀의 비서였던 저자가 '세계적인 패션지 보그 편집장의 개인비서가
겪는 사회생활'을 쓴 책이다.

　교사인 이헌진, 김언지, 장은미 씨는 『방학을 잘 보내야 다음 학기가 달
라진다』며 현직교사가 짚어주는 알찬 방학 보내기를 펴냈다. 사진작가 이
정애의 『산사에서 만든 차』는 50종이 넘는 희귀한 차들의 종류와 만드는

법, 맛과 향은 물론 산사의 분위기까지 사진을 통해 보여준다. 일본의 한 룸살롱 마담은 『긴자 마담이 이야기하는 성공하는 남자, 성공 못 하는 남자』를 펴냈고, 서울 강남의 일급 룸살롱에서 마담으로 일해 온 한연주 씨는 룸살롱의 영업 비밀 등을 담은 책 『나는 취하지 않는다』를 썼다. 손수 밥해 먹는 재미로 살던 한 백수 청년은 자신의 노하우를 모아 『2,000원으로 밥상 차리기』를 펴냈는데, 이 책은 요리책자의 새로운 유형으로 인정받으며 요리책으로는 드물게 초베스트셀러가 됐다. 아이를 키우며 직장에 다닌 엄마로서의 경험담과 노하우를 다룬 책 『일 잘하는 엄마가 아이도 잘 키운다』도, 오랫동안 책 만드는 일에 종사해온 마음산책 출판사의 정은숙 사장이 쓴 『편집자 분투기』도 보인다.

생업과는 무관하지만 취미나 관심사에 오랫동안 집착해오며 책으로 묶어낸 전문가급 비전문가도 적지 않다. 건축자재업을 해온 조을제 선생은 5년 간 필사한 옛날 한문책 다섯 권을 펴냈다. 한 언론인은 장남으로 살아가는 애환을 담아 『대한민국에서 장남으로 살아가기』를 냈고, 자칭 연애박사인 송창민 청년은 연애에 대한 가이드 책 『연애교과서』와 『연애의 정석』을 이어 냈다. 자주 강림하는 '지름신' 때문에 과소비커플로 낙인찍힌 미국의 한 평범한 여성은 어느 날 남자친구와 상의하여 실험삼아 1년 간 쇼핑을 하지 않기로 한다. 그 1년의 경험은 『1년간 쇼핑 안하기』라는 책으로 묶어져 출간되기 무섭게 화제를 낳았다. 이 책은 1년간 쇼핑을 안 하게 된 계기를 시작으로, 1년 동안 겪은 생활의 변화에 대한 통찰력이 주된 내용이다.

직업적인 신뢰와 명성을 기반으로 한 책도 많다. 신반포교회 김동환 목사는 다니엘학습법이라는 독특한 학습법을 창안, 같은 제목의 책을 펴내 학생들과 학부모들을 대상으로 우회적인 선교까지 하고 있다. 목사라는 직업이 주는 신뢰를 보태 교육전문가로서 명성을 떨치게 된 경우다. 지방도시에서 병원을 하는 한 의사는 병원의 창문을 통해 느끼는 인생살이에 대한 소회를 담아 『시골의사의 아름다운 동행』을 썼고, 산전수전 다 겪으며 살아온 맞벌이 부부는 그 경험과 애환을 엮어 『맞벌이 부부로 산다는 것』을 써냈다. 아이를 하버드대학에 보낸 엄마는 『서울대보다 하버드를 겨냥하라』를 써서 같은 목표를 지닌 학부모들에게 환영받았고, 심지어 코를 후벼 파는 습관을 즐거움으로 바꾸어 책으로 낸 번역서 『코파기의 즐거움』도 보인다.

게으른 사람은 게으름을 찬양하는 책을 쓰고(『게으름의 미학』), 아내가 느닷없이 장애자가 되자 전혀 새롭게 경험하게 된 장애자와 함께 하는 인생에 대해 책으로 쓰기도 했다(『모든 날이 소중하다』). 남의 경험도 내 눈과 사고의 터널을 거치면 책으로 나올 수 있다. 『부부로 산다는 것』이란 책은 MBC라디오 '여성시대'를 통해 방송된 부부의 사연을 골라 모은 내용이며, 역시 라디오 '이소라의 음악도시'에 소개된 이야기 중 특히 인상적인 101가지 이야기를 모은 책 『그 남자 그 여자』란 책도 있다. 그밖에 『스폰지』나 『비타민』, 『당신 만을 위한 행복한 밥상』 등의 책은 같은 제목의 TV 프로그램에 소개된 내용을 담고 있는 책들이다.

자, 얼마나 다양한 분야의 저자들이 얼마나 다양한 내용으로 얼마나 많은 책을 펴냈는지 당신의 눈으로 일일이 확인하라. 그리고 당신을 책 쓰게 만든 주제에 대해 생각하자. 책의 주제는 무엇인가? 그 내용을 어떤 층의 독자에게 전할 것인지 생각해보자.

책쓰기에 응용한 발명지침 7계명

특허청에서 발명을 장려하게 위해 특허가 가능한 발명 지침을 발표했다.
이 지침을 책, 무엇을 쓸까, 당신만의 이야기 찾기에 응용해보자.

1계명 | 더해 보아라

이 세상에는 서로 다른 기능을 합쳐 만들어 낸 아이디어 상품들이 많다. 가령 연필에 지우개를 합쳐 지우개 달린 연필이, 드라이버에 전등을 더해 전등이 부착된 드라이버가 탄생했다. 이밖에 롤러 브레이드(바퀴＋신발), 복합 샴푸(샴푸＋린스), 시계 달린 볼펜(시계＋볼펜) 등 우리 주변에 이런 상품은 지천에 깔려 있다고 해도 과언이 아니다.
『완벽에의 충동』은 단 한 번의 삶을 후회 없이 살았던 87명의 이야기를 모았다. 한 사람의 이야기, 하나의 이야기로 부족하겠거든 같은 컨셉의 다양한 이야기를 모아라. 『마음을 열어주는 101가지 이야기』, 『살아있는 동안 꼭 해야 할 49가지』와 같은 베스트셀러가 바로 이 '더해보라'의 방정식을 이용한 책이다.

2계명 | 빼 보아라

빼기 기능을 이용해 만든 상품도 많다. 오늘날 삼각팬티는 일본의 한 할머니가 개발한 것인데, 이 할머니는 자신이 돌보던 손자가 자주 오줌을 싸는 터에 긴 팬티를 자주 갈아입히는 것이 불편했다. 그래서 손자의 팬티를 싹둑 잘라내 고추만 가릴 수 있는 삼각팬티를 만들어 일약 돈방석에 앉았다. 미니스커트, 노 튜브 타이어, 무선 전화기, 디지털 카메라, 무설탕 껌, 무가당 주스 등이 바로 빼기 기능을 이용한 것들이다.

총론과 같은 컨셉을 세부적으로 갈라 좁히고 좁혀라. 가령 '말 잘하는 요령'보다 '맞선에서 말 잘 하는 요령', '비즈니스 스피치'보다 '프레젠테이션 잘하기'와 같이 주제를 세분화하는 것이 그것이다. 내가 쓴 『고객을 유혹하는 마케팅 글쓰기』는 『돈이 되는 글쓰기』에서 다룬 주요 주제 가운데 마케팅 분야의 글쓰기를 세분화하고 특화한 결과물이다.

3계명 | 모양을 바꿔 보아라

엠보싱 화장지는 바로 모양을 바꿔 히트한 상품이다. 일반 화장지의 기능을 높이기 위해 화장지의 표면을 올록볼록하게 바꾼 것이다. 모양을 바꿔 히트한 또 다른 상품으로는 모난 만년필을 유선형으로 만든 파커 만년필과 버튼식 전화기 등이 있다.

참고서만큼 모양새가 다양하게 변하는 책도 없다. 서점에 나가 참고서 진열대를 살펴보라. 사용하기 편하게 얼마나 다양한 제책과 장정으로 학생고객과 학부모를 유혹하는지.

4계명 | 반대로 해보아라

이것은 모양, 크기, 수, 성질 등을 무엇이든지 반대로 생각해 보는 것이다. 어떻게 보면 아이디어를 내는 방법 중 가장 손쉬운 방법인지 모른다. 무엇이든지 역(逆) 발상을 해보면 된다. 진공청소기는 선풍기 앞에서 선풍기 바람을 쏘이던 환자가 바람을 내뿜는 대신 바람을 빨아들이는 청소 기계를 만들자는 생각을 해내 발명되었다. 벙어리장갑은 양말로부터, 무좀 예방 양말은 손 장갑에서 역 발상을 통해 나온 제품들이다.

영어공부를 한다고 벼른 사람이라면 누구나한 번쯤 사봤을 책 『영어공부 절대 하지마라』도 반대로 했다. 다들 영어공부 하겠다는 걸 하지 말라고 어깃장 부렸는데, 그게 먹혔다.

5계명 | 용도나 재료를 바꿔보아라

얼음 톱은 얼음 공장 기업을 이어받은 한 일본 청년이 얼음을 자르는 데 원시적인 방법을 쓰는 것을 보고, 인근 제재소의 전기 회전 톱에서 힌트를 얻어 전기 톱날에 녹이 슬지 않게 코팅 처리를 해 만들었다. 한때 우리나라에서 선풍적인 인기를 끌었던 찍찍이는 골프

공에 매직 파스너를 부착해서 만들었으며, 청바지는 천막 공장 부도로 인해 쌓인 골치 아픈 재고 천막 천을 이용해 만들어졌다.

『돈이 되는 글쓰기』는 글쓰기는 돈과는 거리가 먼 작업이라는 기존의 인식을 거스른 기획물이다. 말하자면 용도나 재료를 바꿔본 케이스. 영화 「사랑할 때 버려야 할 아까운 것들」은 결혼할 때 버려야 할 아까운 것들, 이라는 식의 바꿈이 가능하다.

6계명 | 남의 아이디어를 빌려라

기업이 앞서가는 선진 기업의 장점만을 접목해 가는 경영 기법을 '벤치마킹'이라고 한다. 발명이나 아이디어도 매한가지다. 기존의 원리나 아이디어를 응용해서 즉, 접목해서 자신의 것으로 만들 수 있으면 된다. 이런 사례로 고무 황제 굿이어는 베이킹파우더로 부풀려진 빵을 보고 고무에 발포제를 넣어 스펀지 고무를 만들었고, 이런 원리에 비롯된 또 다른 것으로는 비누 원료의 거품을 굳혀 만든 물에 뜨는 비누, 소프트 아이스크림, 기포 벽돌, 기포 유리 등이 있다. 자동차의 카뷰레터는 분무식 향수병의 원리에서 나왔다.

책 가운데 유명인의 이름을 앞세운 것들이 많다. 최근 나온 책 가운데도 『스티브잡스의 창조 카리스마』, 『굿바이 잭웰치』와 같은 것이 그것이다. 이런 책의 장점은 거론한 유명인들의 이름값을 거저먹고 들어간다는 것. 단, 단, 해당 유명인과 사전 조율하거나 그의 명성에 누가 되지 않도록 콘텐츠를 만들어야 한다.

7계명 | 불편한 점을 고쳐 보아라

골프 관련 책은 골프를 시작하거나 성적을 좋게 하기 위해 잘 안되는 점, 특별히 공략할 점들을 모아 펴낸다. 시중에 나와 있는 실용서들은 거의 이 분류에 속한다. 불편한 점을 고쳐 특허가 가능한 발명을 하는 것과 비슷한 방법이다.

당신의 이야기는 힘이 세다

인간은 이야기를 좋아하는 동물이며,
잘 만든 이야기 하나를 열 가지로 활용하는 시절이 도래했다.
-김탁환-

　같은 내용이라도 참 맛있게 전달하는 사람이 있다. 그런 사람과는 자꾸 만나고 싶어진다. 같은 이야기라도 풀어내는 방식, 말하는 이의 시각과 어투, 이야기를 듣는 사람의 환경이나 분위기 등에 따라 각기 다른 느낌을 준다. 흔하디흔한 주제들, 그 이전에 수도 없이 되풀이 해온 낡은 주제가 전혀 새로운 듯 포장되어 서가에 꽂힐 수 있는 것도 바로 이야기를 풀어내는 힘 때문이다.

　『리심』과 『푸른 눈물』은 프랑스 공사의 연인이 된 한 궁중 무희의 삶과 사랑을 소재로 쓴 혹은 쓰고 있는 소설이다. 평소 교류가 없던 두 작가 김탁환과 신경숙이 같은 소재로 풀어낸 이 소설은 다른 공통점은 없다. 『화성에서 온 남자 금성에서 온 여자』, 『널 사랑해서 하는 말이야』, 『말을 듣지 않는 남자 지도를 읽지 못하는 여자』는 남녀 혹은 부부 사이에 벌어지는 갈

등과 화해를 모색하는 방법론에 관한 책들이다. 이 책들은 모두 남자와 여자는 각각 다른 별에서 온 것만큼이나 서로 다를 수밖에 없다고 전제한다. 또 그 차이를 인정하는 것만이 남자와 여자가 오래 사랑하며 사는 방법이라는 메시지를 전한다. 주제가 같되 관점, 글의 소재, 글의 전개방식이 다른 바람에 전혀 다른 책으로 탄생했다. 그 결과 책들은 각각 다른 독자들과 행복하게 만났다.

요리책도 이야기를 푸는 방식을 달리하면 전혀 다른 책으로 태어난다. 얼마 전까지만 해도 요리책에서 하는 이야기는 뻔했다. 시기별, 계절별 등 몇 가지 분류에 따라 요리재료며 만드는 방법을 소개하는 내용으로 꾸려졌다. 그 전형을 깨뜨린 것이 『며느리에게 주는 요리책』이다. 이 책에는 기존 요리책에는 없던 '이야기'가 담겼다. 요리 잘하기로 소문난 시어머니가 설거지도 안 해보고 시집온 며느리에게 요리를 가르치는 이야기다. 이 요리책은 이후 수많은 유사 스타일의 요리책을 양산했다. 요즘은 『일하며 밥해먹기』, 『방송가에 살림 잘하는 아줌마로 통하는 김혜영의 싱글벙글 요리』 같은 요리를 중심에 둔 라이프스타일 제안이라는 형식을 갖춘 책들이 사랑을 받는다. 『효재처럼』처럼, 남들이야 어떻게 먹고 어떻게 살든 나는 이렇게 먹고 이렇게 산다고 요리비결은 물론 집안 구석구석을 어떻게 가꾸고 사는지 보여주기도 한다.

외부환경에 상관없이 행복과 평화를 찾자는 '마음공부' 류의 책들도 이야기 방식이 바뀌면서 다양한 독자층을 만들어냈다. 『지금 여기에 살아라』, 『지금 이 순간을 즐겨라』처럼 단도직입적으로 이렇게 살아라, 하고 제안하는가 하면 『모든 날이 소중하다』처럼 가족 중 한 사람이 장애인이 되고 난 후 예측할 수 없이 전개되는 가족의 삶의 방식을 소재로 하여 '지금 여기에 존재하면서 모든 것에 마음을 열면 얼마든지 행복하다'는 메시지를 남의 이야기를 통해 간접적으로 전달하기도 한다. 『당신의 모든 소망을 실현시켜줄 마법의 열쇠』는 모든 것은 생각하기에 달렸으니 긍정적인 생각으로 삶을 창조하자는 메시지를 담고 있는데, 영적 존재인 아브라함의 메시지를 채널링한 영매의 입을 통하는 방식이다. 『우리는 개보다 행복할까』는 개가 살아가는 방식의 면면들에 돋보기를 들이대면서 사람들은 개보다 못한 삶을 산다고 일침을 가하고 개들에게서 배우는 잘 사는 방식을 제안하기도 한다. 개, 돌고래, 늑대, 고양이, 나비 같은 동물은 물론 나무, 정원, 들판과 같은 자연을 내세워 이야기를 들려주는 방식은 매우 흔해졌다.

청계천에 새 물이 흐른 이후 청계천 공사를 진두지휘한 이명박 시장에 관한 책이 여러가지 나왔다. 내용은 주로 이명박 시장의 공적을 치하하는 것이지만 이야기 방식이 달랐기 때문에 세 종류 책이 각각 다른 타입으로 탄생했다. 『청계천은 미래로 흐른다』는 청계천 프로젝트의 전말과 프로젝트 리더로서의 비전과 사명, 추진에 얽힌 에피소드 등을 이명박 시장 본인의 입으로 이야기하고 있다. 『황소 이명박』은 시장으로 재직하는 동안 이명박 시장이 추진한 일들을 공개한 책으로 이명박 시장을 가까운 거리에서 취재한 기자들의 생생한 증언을 토대로 쓰여 졌다. 『이명박, 대통령을 울린 시장』은 유명인들의 자전 에세이를 대신 써온 정치권 특보출신의 저자가 이명박이라는 카리스마 넘치는 리더에 대해 쓰고 있다. 가장 최근에 나온 『기도하는 리더십 이명박』은 신앙이라는 주제로 인간 이명박을 조명한 책이다.

결국, 책이란 어떤 것에 대하여 쓰는가, 하는 '내용의 문제'이기보다 그 내용을 어떤 식으로 담아내는가가 관건이다. 뻔한 내용도 그것을 실어 나르는 '이야기'라는 수송수단에 따라 전혀 새롭게 인식되고 읽혀진다는 것이다. 간장은 흔하디흔하지만 '마지막 황후가 먹었던 간장'은 그 속에 수많은 호기심어린 이야기를 담고 있기 때문에 귀하고 탐나는 간장이 된다. 책도 호기심을 자극하는 이야기로 포장되면 더 많은 독자들이 자꾸 읽고 싶어 한다. 그 이야기에 진정성까지 살아있다면 당신의 책도 베스트셀러로 뜰 것이다.

내가 쓸 책은 어떤 것일까

때로 내가 부끄러움을 느끼거나 위험에 노출될 만한 일일지라도
내가 느끼는 바를 솔직하게 그대로 표현하고자 노력합니다.
−알랭 드 보통−

스토리텔링, 이야기를 끌고 가는 방식 몇 가지를 소개한다. 중요한 것은 방식 자체가 아니라 당신의 이야기를 가장 효과적인 방식으로 독자에게 전달할 엔진을 당신 스스로 찾아내 적용하는 것이다.

멘토링

자신 만의 독특한 커리어를 구축했거나 성취를 이룬 사람들이 그 경험을 밑바탕으로 성취의 비결을 안내하고 자랑하면서, 같은 길을 걷고 싶어 하는 독자들에게 필요한 지식과 정보를 전수하는 방식이다. GE의 파울로 프레스크 부회장이 삼성 이건희 회장에게 편지를 써서 전격 스카우트한 '샐러리맨의 성공 신화' 라 불리는 GE코리아 이채욱 회장이 들려주는 성공의 멘토링 『백만불짜리 열정』, KDI국제정책대학원에서 경영 커뮤니케이션을 강의하고 있는 이정숙 씨가 한국인 최초로 월스트리트 정상에 올랐던 경험을 토대로 젊은 여자들을 위해 들려주는 성공매뉴얼 『지혜로운 킬러』 등이 이에 해당한다.

자기계발서

자기계발에 대한 독특한 개념과 실천 가능한 구체적인 매뉴얼까지를 제공하는 방법론. 거창한 목표보다 작은 실천이 인생을 바꾼다는 개념 아래 당장 실천하는 원 스몰 스텝 전략을 제시한 『오늘의 한 걸음이 1년 후 나를 바꾼다』, 타인을 설득하고 세상을 변화시키기 위해서는 먼저 내 안의 나를 설득해야 하며, 이를 위해서는 스스로 열정과 목표를 불어넣을 수 있는 자기 경영 능력이 필요하다고 역설하는 『365일 설득의 기술』이 이 분류에 속한다.

how to 실용서

독특한 기술, 아이디어에 대한 지식과 정보를 제시하고 가이드한다. 실천적방법론을 다양한 예제, 풍부한 임상사례 등으로 풀어내야만 독자들이 환영한다. 시나리오작가로서 성공하기 위해 배워야 할 힌트와 요령을 담은 책 『할리우드에서 성공한 시나리오작가들의 101가지 습관』, 남여 할 것 없이 고민하는 뱃살을 뺄 수 있도록 구체적이고 세부적인 훈련프로그램을 제시해주는 『6주 만에 뱃살을 뺀다, 복근운동 30분』이 이에 해당한다.

체험적 비법 전수서

육아방식, 교육방식, 재테크방식 등 저자가 체험을 통해 확보한 특별한 비법을 전수하는 책들이다. 이런 책들은 목적한 바를 이루기 위한 몇 가지의 원칙과 그것을 배우기 위해 기울여야 할 노력에 대한 정보를 제공한다. 무엇보다 그로 인해 얻어지는 객관적인 성과를 증명할 수 있어야 책의 가치가 돋보인다. 두 아이를 키운 엄마로서의 경험과 통찰력을 담은 책 『엄마학교』, 평범한 아이를 영어와 한국어를 동시에 모국어로 사용하는 바이링걸 키드(bilingual kid)로 키워낸 육아노하우를 담은 『육아영어』, 학교 공부 뿐 아니라 아이의 잠재력을 일깨워주기 위한 아침독서 요령이 실려 있는 『공부가 즐거워지는 습관 아침독서 10분』이 이와 같은 이야기 방식을 취하고 있다.

라이프 에세이

저자가 살아온 시간과 경험을 특정한 주제에 맞춰 에세이를 쓰듯 풀어낸 내용. 독자는 책을 통해 생생한 간접체험을 하는 한편 저자가 소개하는 성공노하우를 전수받는다. BBQ의 윤홍근 회장은 치킨 관련 사업가지만 『BBQ 원칙의 승리』라는 책을 써낸 저자 윤홍근은 꿈과 비전과 열정을 버무려 리더십이라는 음식을 만들어내는 전문가다. 진대제 전 정보통신부 장관은 통신전문가지만 『열정을 경영하라』라는 책을 펴낸 이후 21세기 핵심인재의 멘토가 되었다.

금융 CEO출신으로 택시기사라는 인생 2막을 살고 있는 김기선 씨가 택시 기사 3년의 경험을 꼼꼼히 기록한 『즐거워라 택시인생』, 평범한 대학생이던 저자 남강이 학교도서관에서 1년 동안 1천권이 넘는 책을 집중적으로 읽고 깨닫기 시작한 인생에 대한 단상을 쓴 『적은 내 안에 있다』와 같은 책은 저자를 '보통사람'에서 셀프 리더십 분야의 전문가로까지 격상시켜준 매개체다.

자전 에세이

이춘해 씨는 소설책을 두 권 펴낸 소설가다. 3~4년 전만해도 그는 전업주부였다. 그를 소설가로 변신시켜 준 계시는 남편의 외도. 철썩 같이 믿었던 남편의 외도로 인한 상처와 방황이 그에게 소설쓰기라는 멍석을 제공했고, 그 멍석위에서 이춘해 씨는 잘 놀았다. 사실에 허구의 양념을 친 이 소설은 입에서 입으로 소문이 났고, 이 소문을 들은 여성잡지와 방송국은 그녀를 불러대기 바빴다. 이춘해 씨의 소설이 입소문을 탈 수 있었던 것은 미화하지 않은 솔직함 때문이었고 많은 주부독자들이 이에 공감했기 때문이다. 고백수기에 가까운 자전에세이를 쓸 때 가장 중요한 것은 솔직함이다. 솔직하지 않으려면 쓰지 말아야 한다. 읽는 이의 반응이 궁금하거나 꺼려질 때는 쓰지 않아야 한다. 독자들이 당신의 책을 통해 알고 싶은 것은 경험이 전부다. 어눌하더라도 당신의 육성이 고스란히 담긴, 진정성 넘치는 내용을 독자는 원한다.

당신이 누구라도 책을 쓸 수 있다

아이디어를 내는 일은 빵을 굽는 일과 흡사하다. 아이디어도 부풀어 오를 필요가 있다.
초기에 너무 많이 찔러보거나 계속해서 확인하려 들면 빵은 결코 부풀어 오르지 않는다.
빵이나 케이크의 한쪽이 구워지려면 오븐의 어둠과 안전 속에서
충분한 시간 동안 있어야 한다.

—줄리아 카메론 『아티스트 웨이』—

당신이 전문가라면

직장인, 기능인 등 전문직업군에 속해있는 사람에게 책은 자신의 셀프브랜드를 세상에 알리는 역할을 해준다. 삼성에버랜드 조리과장 양동호 씨. 그는 초등학교만 졸업했지만 대학교 식품조리 교재를 펴냈다. 그의 약점이 될 뻔했던 초등학교 졸업이 이젠 화제의 초점이 되었고, 그의 책『단체급식 관리와 조리실습 워크북』덕분에 양동호 씨는 이력서를 따로 쓰지 않아도 되게 되었다. 경희대 인상사회학박사 주선희 교수는 『얼굴경영』한 권으로 인해 자타가 공인하는 이 분야 전문가로 자리매김했다. 또한 이 책은 외모를 중시하는 최근의 루키즘(lookism)과 맞물려 원광대학교 디지털대학교가 국내 최초로 얼굴경영학과를 신설하는데 직접적인 기여를 하기도 했다.

당신이 자영업자라면

당신의 이름이 번듯하게 찍힌 책 한 권이 시중 서점에서 팔리고 있다고 생각해보라. 인터넷서점의 책 소개 콘텐츠로 인해 검색사이트에 당신의 이름이 검색된다고 생각해보라. 그 순간부터 당신은 그날 벌어 그날 먹고 사는 장사치가 아니라 그 분야의 탁월한 전문가가 되는 것이다. 당신이 무엇을 팔고 무엇을 서비스하든 상관없다. 서점에 나가서 일일이 살펴보라. 별의별 분야의 자영업자가 다 책을 냈다.

『나는 600원짜리 꼬치구이를 팔아 2천억원을 벌었다』, 『성공하는 노래연습장 창업하기』, 『돈 버는 식당, 비법은 있다』, 『돈 되는 노점정보』, 『총각네 야채가게』, 『이름있는 학원들의 학원 경영 이야기』… 대형서점에 나가 살펴보면 정말 별의별 책들이 다 나와 있다. 장사수완을 다룬 책이어도 좋고, 자영업을 하기로 마음먹는데서부터 준비하여 창업하고 돈 벌어 성공하기까지의 경험담을 들려주어도 좋다. 또한, 장사경험에서 얻은 통찰력을 써내도 좋다. 중요한 것은 당신이 쓴다는 것이고 당신의 글이 책으로 나온다는 것이다.

당신이 직장인이라면

노르웨이 문단의 샛별로 떠오른 쉰네 순 뢰에스. 서른 살의 그녀는 간호사다. 문단의 주목을 받은 『아침으로 꽃다발 먹기』는 간호사로 일하면서 경험한 것을 토대로 쓴 소설이다. 일을 하며 가꿔온 직업적 소양과 전문적인 경험, 남들이 탐내는 지식을 소유한 당신이라면 출판사에서 혈안이 되어 찾고 있는 사람일 것이다. 그 일의 종류는 상관없다. 그 일에 관한 남다른 시각, 남다른 노하우, 그로 인한 남다른 통찰력만 있으면 된다. 어떤 일을 특별히 잘 하는 책, 몸 값 올리는 책, 상사와 잘 지내는 책, 후배와 잘 사귀는 책, 경험을 전수하는 책, 사내연애에 성공하는 책… 쓰려고 마음먹으면 어떤 책도 쓸 수 있다.

당신이 공무원이라면

『공무원이 죽어야 나라가 산다』는 서울시청 현직 공무원이 쓴 책이다. 공직사회를 강도 높게 비판한 책으로 많은 화제를 모으기도 했다. 리처드 애담스라는 한 중산층 공무원은 토끼를 사랑하는 딸에게 들려줄 베드사이드 스토리를 써야겠다고 결심, 『침몰하는 잠수함』을 썼는데 700만부가 팔리면서 삶이 바뀌었다. 당신이 공무원이든 아니든 리처드 애담스처럼 딸이 있고 아들이 있고 며느리가 있고, 또 부업이 있을 수 있고 취미가 있을 수 있지 않겠는가. 그것을 써라. 아니면 공무원으로 잘 살아내는 법, 공무원이 되는 법도 쓸 수 있다.

당신이 주부라면

『엄마학교』는 엄마로 살아온 경험을 통해 얻어낸 통찰력이 담긴 책이다. 어떤 주부는 결혼 후 10여 차례 전셋집을 전전하며 도배장판부터 가구와 패브릭 리폼까지 도맡아했던 전력으로, 10년 만에 처음 마련한 내 집을 전문가의 도움 없이 개조한 이야기를 꼼꼼히 담아 『억척주부 안여사는 돈안 들이고 집고치는 비법을 알고있다』를 썼다. 한 맞벌이 부부는 마트에서 금방 사온 즉석식품을 불란서 요리처럼 차려먹는 자신들의 비법을 모아 『마트형 인간의 그럴싸한 밥상차리기』를 냈다.

당신이 학생이라면

『기쁨의 천마일』은 박문수라는 청년이 아프리카 정치학 유학생이 된 후 '아프리카 학생회'라는 NGO를 만들고 이끌기까지의 기록을 담은 책이다. 서울대외교학과 설지인 학생은 재학 중 세계 각국으로 봉사활동을 다녀왔다. 그 경험을 정리하여 『스무살 희망의 세상을 만나다』를 출간했다.

당신이 학생이라면 대학에 합격한 비결을 써라. 대학생활을, 고등학교생활을 후회하지 않게 즐길 수 있는 비법에 대해 써라. 학생 무렵 친구사귀기에 대해 써라. 아르바이트의 경험을, 학생창업의 경험을 책으로 써라.

당신이 유명인사라면

유명인사라 해서 책을 내놓기만 하면 잘 팔리는 건 아니다. 오히려 유명세만 믿고 대필원고를 출간하거나 알맹이 없는 신변잡기를 늘어놓은 책을 출간했다가 독자에게 외면 받고 망신살 뻗친 유명인이 적지 않다. 당신이 유명하건 아니건 확실한 주제의식과 명확한 주제, 풍부한 콘텐츠, 객관적인 경쟁력을 확보하는 것이 무엇보다 중요하다. 아나운서 백지연은 성공의 가도를 달리고 있는 커리어우먼으로서의 노하우나 비하인드스토리 대신, 그녀의 전공이기도 한 설득 커뮤니케이션에 관한 나름의 이론을 다듬어 『자기설득파워』를 써냈다.

당신이 정치인이라면

불운한 정치인 앨 고어. 그는 백악관 문전에서 밀려났지만 『불편한 진실』이라는 책 한권으로 화려하게 역전승을 거뒀다. 환경문제에 대해 누구보다 애정 있게 진지하게 고민하고 있다는 흔적을 책을 통해 고스란히 내

보인 것이다. 야당 소속 전여옥 의원은 『폭풍전야』라는 정치체험기를 펴내고 국회와 정치판의 비하인드스토리를 공개했다. 저자 개인에게 있어 이 책이 어떤 의미를 갖는지는 모르겠으나 적어도 자서전은 아니라는 점에서 나는 후한 점수를 준다. 당신이 정치인이라면 무슨 내용이든 책으로 쓸 수 있겠지만, 자화자찬으로 점철된 자서전만은 쓰지 말라. 자서전 출간을 빌미로 출판기념회를 열어 사전선거운동을 하자는 것이 목적일지도 모르지만, 속 보이는 내용들로 가득 찬 표지와 내용의 책을 두고두고 유권자들은 보고 평가하게 된다. 이 책을 읽는 다른 독자들처럼 순수하게 책을 한 권 펴내고 싶다면, 정치인으로서 당신이 심혈을 기울여 온 이슈들을 독자를 위한 정보로 가공해내는 건 어떨까.

당신이 기자라면

무소불위의 권력을 자랑한다는 기자. 이제는 기자도 브랜드로 존재한다. 아무리 대단한 미디어의 지금 잘 나가는 기자라 해도, 그가 쓴 버젓한 책 한 권만큼 오래 기억되기는 힘들다. 아들 같은 초등생을 겨냥한 『행복한 글쓰기』, 미국 특파원으로 일하던 경험조차 흘러버리지 않은 『힐러리처럼 일하고 콘디처럼 승리하라』, 『핵심인재의 이력서에는 무엇이 있을까』는 기자의 이름이나 소속 언론사의 힘보다 더 큰 힘으로 독자의 마음을 사로잡은 책이다.

당신이 복역 중인 죄수라면

나치시절 죽음의 수용소에서 빅터 프랑클 박사는 날로 희박해지는 생존의 확률 속에서 단 하나 할 수 있는 책쓰기에 몰두해 『죽음의 수용소에서』

를 써냈다. 이 책은 900만부가 팔렸고, 미국 의회 도서관은 21세기에 큰 영향을 끼친 책 중의 하나로 이 책을 선정했다. 우리시대 존경받는 지식인 중한 사람인 신영복 선생의 『감옥으로부터의 사색』은 '20년 징역살이 동안한 젊음이 삭고 녹아내려 키워낸 반짝이는 사색의 기록' 이라는 수식어가빛나는 책이다.

주제의 안테나부터 뽑아라

K님, 책을 쓰고 싶다고요? 제 칼럼을 쭉 읽어오셨다고요.
그런데 어떻게 시작할지 감감하시다고요?

어떻게 시작하면 될까요.
K님은 논문을 자주 쓰셨으니 논문 쓰듯 시작하시면 됩니다.
논문 써 보신 분들이 책에 대한 두려움이 훨씬 덜하지요.

그 이전에 우선 주제에 빠져들어야 합니다.
얼마나 쓰고 싶은지
나 아니면 이것을 쓸 사람이 없는지-왜 나인지
내가 하면 얼마나 잘하겠는지-왜
등등을 고민하며 주제에 빠져드십시오.

우선 온라인 카페를 열어 생각을 그때그때 정리하고
자료를 물어다 나르세요.
혹시 쓰고 싶은 주제의 외서는 없는지

비슷한, 혹은 같은 카테고리의 주제를 다룬
보고서나 논문이나 책, 신문기사는 없는지

이런 내용들이 온라인 카페에 차곡차곡 모여지면서
생각이 정리되고 하고 싶은 마음이 굴뚝같아질 겁니다.

종이박스를 하나 구해서 프린트물도 모으시고요.
이 박스에 그때그때 단상을 적은 메모지도 모으시고…

이렇게 하다 물이 차고 차고 또 차올라
더 이상 참지 못하고 넘쳐흐를 때
그때가 바로 써야 할 때입니다.

이때는 이미 오래 숙성시켜온 생각들로
기획서나 목차구성이 저절로 될 것이고요.

논문 쓰기가 그렇듯 개인마다 방법이 다 다릅니다.
K님께 맞는 방법을 한 번 찾아보세요.

온라인 카페 열면 제게도 알려주세요.
저도 자료를 퍼 날라 드릴게요.

– 책쓰기 카페에서 –

당신의 이야기를 디자인하라

이제는 분석적이고 계량적인 것 대신에
보고 느끼고 생각하는 체험 마케팅, 감성 마케팅이 중요해지고 있다.
-번트 H. 슈미트 『체험 마케팅』-

　'당신의 체험을 디자인하라' 는 말은 세계적인 디자인회사 IDEO의 대표
이사 톰 켈리가 쓴 『유쾌한 이노베이션』에 나오는 말이다. 그는 이렇게 덧
붙인다. "시장에서 생선을 파는 일은 그렇게 신기하달 것도 특별하달 것도
없는 일이다. 그러나 파이크 플레이스 어시장은 그것을 매혹적인 체험으로
디자인했다"

　주제나 소재가 같고 생각이 같다고 해서 같은 내용, 같은 책이 만들어지
는 것은 아니다. 당신의 주제는 당신만의 독특한 시각으로 당신만의 프리
즘을 통과하여 당신이 디자인하는 대로 다르게 창조되는 전혀 새로운 창조
물이다. 사랑과 배신, 복수를 그린 치정소설은 무수히 반복되는 주제며 소
재다. 너무나 뻔한 주제라도 작가에 따라 얼마나 다양하게 재탄생하는지
살펴보라. 심지어 같은 작가의 같은 드라마가 십 수 년의 시간을 두고 다시

제작될 때, 그 드라마는 이미 그때 그 드라마가 아니다. 같은 작가, 같은 연출가, 같은 배우가 그대로 제작을 한다 해도 마찬가지다. 그들의 눈높이는 이미 예전의 그것이 아니기 때문이다.

"이미 있었던 것이 나중에 다시 있을 것이고, 이미 한 일을 후에 다시 할지라. 해 아래는 새 것이 없으니"

솔로몬 왕이 5천년 전에 남긴 글이다. 『메가트렌드』의 저자 존 나이비스트는 또 이렇게 말한다. "변화는 대부분 무엇을 하는가가 아니라 어떻게 하는가의 영역에서 발생한다"

정말이지 하늘 아래 새로운 것은 없다. 기존의 것을 새롭게 만드는 방법이 있을 뿐이다. 수백 번 반복된 이야기라도 당신만의 논리로 포장하고 당신만의 어법으로 다시 쓰고 새로운 이름을 붙여 내면 그 책은 전혀 새로운 책이 된다. 세상에 늘려있는 흔한 주제지만 당신에게서 특화되었고 당신이 이름을 붙여주었기 때문에 이제 당신만의 고유한 개념이 된다. 당신이 그 원조가 된다. 그러니 새로운 것을 찾느라 애쓰기보다 당신이 가장 자신만만해 하는 이야기나 주제를 새롭게 포장하는 방법을 개발하는 것에 주력하라.

국내에서도 베스트셀러를 기록한 『통증혁명』의 저자 사노박사는 70년대부터 심신의학에 대한 자신 만의 논리를 개발하여 '긴장성 근육통 증후군'이라고 이름 붙였다. 이후 이 개념을 적용한 교육 프로그램을 개발하여 1만 명 이상의 통증환자를 성공적으로 치료해 왔다. 국내외를 막론하고 책을 펴낸 의사들이 많다. 안과의사는 눈에 대해서 썼고, 내과의사는 건강법에 대해서, 성형외과의사는 성형수술에 대해서 썼다. 아쉽게도 의사들이 쓴 책은 컨셉이나 내용 면에서 차별화도 경쟁력도 보여주질 못했다. 가령 안과의사는 '눈'에 대해 쓸 뿐, 말하고 싶은 것을 새로운 개념으로 포장하는 기획에 대해서는 간과하기 일쑤였다.

천릿길도 한걸음부터라고 한다. 작지만 사소한 첫 걸음이 종내는 큰 결과를 가져온다는 것이다. 당신이 이 '작지만 사소한 것의 대단한 힘'에 매료되어 책으로 쓰기로 하고 자료를 모으고 생각을 정리하고 사례를 연구했다 치자. 이 흔한 주제를 당신은 어떻게 포장하겠는가. 미국 UCLA의과대 임상학과 교수 로버트 마우어라도 당신과 같은 주제에 매료당했다. 그 역시 책을 쓰기로 했다. '작지만, 결국엔 강력한 변화를 불러오는 사소한 힘'이라는 주제에 대해 오랫동안 연구했다. 마침내 포장법을 개발했다. '작지만 강력한 변화를 불어오는 실천전략―원 스몰 스탭(one small step)'이라고 이름도 붙였다. 변화를 갈구하며 자신을 찾아오는 환자들을 대상으로 실천전략을 실행해 보았다. 임상결과는 대 성공! 같은 제목으로 책을 썼다 (한국에서는 『오늘의 한 걸음이 1년 후 나를 바꾼다』로 번역출간 되었다).

시카고 대학에 재직 중인 미하이 칙센트미하이 교수는 누구나 어떤 행위에 깊게 몰입하면 시간의 흐름이나 공간, 더 나아가서는 자신에 대한 생각까지도 잊어버리게 되는 때를 경험한다는 사실을 발견했다. 이 지극한 즐거움 혹은 행복감에 대해 '플로우(flow)'라고 이름 붙였다. 미하이 교수는 이 하나의 주제에 평생 동안 몰입했다. 미하이 교수 뿐 아니라 몰입에의 즐거움을 연구주제로 삼아 매달린 전문가가 적지 않을 것이다. 그러나 미하이 교수처럼 그 주제를 정의하고 이름붙이고, '우리가 좀 더 자주 플로우를 경험할 수 있도록 우리의 의식을 조절하면 삶의 질은 저절로 향상될 것'이라며 언제 어디서나 반복해서 말하고 책으로 쓴 사람은 없었다. 그 결과 몰입이라는 주제는 그의 전매특허가 된 것이다. 이제는 다른 사람이 미하이 교수보다 월등하게 연구하여 그 성과를 책으로 쓴다하더라도 미하이 교수의 아류나 표절을 넘어서기 힘들 것이다.

『10년 법칙』이나 『포지셔닝』, 『3의 법칙』 등의 저자들은 그동안 난무하던 이야기를 개념화하고 이름을 붙임으로써 베스트셀러작가로서, 해당분야 최고의 전문가로서 자리매김했다. 이것이 평범한 이야기를 매혹적으로 디자인하는 방법이다.

사실과 상상력의 동거

팩션(Faction)은 사실과 상상력이 결합된 새로운 발상법의 하나다. 최근 인기를 끌고 있는 드라마나 영화가 대표적인 팩션의 장르다. 박경리 선생의 『토지』에는 용정 뒷골목에 대한 묘사가 자세하다. 그런데 박경리 선생은 용정을 가본 적이 없다고 한다. 다만 중국 지도를 보며 상상력으로 용정을 그렸다는 것이다. 로마 역사의 인간에 대한 대 로망 『로마인 이야기』를 완간한 시오노 나나미 선생은 철저한 자료수집과 치밀한 현지답사로 유명한데, 그녀는 이렇게 말한다. "가보지 않은 땅에 대해서는 쓸 수 없다"
우리의 삶에 밀착된 드라마투르기(dramaturgia)로 높은 인기를 누리는 드라마작가 김수현 선생도 각각의 인간군상들에 대한 취재를 따로 하지 않는다.

베스트셀러를 만드는 기획의 3T

베스트셀러는 출판사의 치밀한 노력의 결과가 낳은 대중상품이다.
-『베스트셀러와 작가들』-

시나리오작가 마리사 브바리는 개봉 첫 주, 혹은 빠른 시간 안에 엄청난 수익을 가져오는 영화 시나리오는 다음 조건을 충족해야 한다고 소개한다.

- 수백만이 공감할 수 있는 보편적인 소재일 것
- 관객의 흥미를 유지하는 독특한 반전을 가진 친근하면서도 매혹적인 스토리일 것
- 등장인물에게 최고의 배우들이 매혹될 정도로 충분한 깊이와 차원을 갖도록 할 것

출판계에도 비슷한 것이 있다. '출간 즉시 베스트셀러 대열에 진입'이라는 흥행을 기대하며 책을 쓰려고 할 때 반드시 고려해야 할 것들, 책의 성공을 점치는 3T라는 이름으로 회자된다.

타이밍(Timing)

창작에의 열망을 지닌 사람들의 바이블 『아티스트웨이』는 『아주 특별한 즐거움』이라는 제목으로 97년 번역출간 되었다. 이때만 해도 저자인 카메론 디아즈의 명성을 전해들은 사람들이 한권씩 사서 나를 뿐이었다. 이 책이 2003년 다시 출간되었을 때는 세상이 바뀌어 있었다. 고용불안 등 사회적 위기가 자아와 삶을 되돌아보게 만들었고, 어쩔 수 없이 하는 일보다 가슴이 원하는 뜨거운 일을 하라고 부추기는 세상이 되어 있었다. 책은 새삼 주목을 받고 팔려나가기 시작했다. 그 무렵 불기 시작한 글쓰기의 열풍이 책의 판매를 더욱 부추겼다.

출판가에서는 책에도 팔자가 있다고 한다. 출판사나 저자가 아무리 좋은 의도를 가지고 기획하였다 하더라도 시장이 그것을 알아주기란 어려운 일이다. 반면 우연한 경로로 만들어진 책이 시기적으로 잘 맞아 떨어져 베스트셀러가 된 경우도 있다. 좋은 책이라는 평가가 자자한데도 베스트셀러에 오르지 못한 책들은 시기적으로 너무 빨랐거나 너무 느렸거나 하는 타이밍의 문제로 인한 경우가 많다.

타깃팅(Targeting)

누가 읽을 책인가가 분명하지 않은 책은 실패하기 쉽다. 독자타깃이 분명하지 않으면 내용 또한 애매모호해진다. 누구든 많은 사람이 읽었으면 좋겠다며 기획된 책은 어느 누구에게도 선택되지 않는 법이다.

당신의 독자가 누구인가? 가상의 그 한 사람, 독자의 프로파일을 만들어보라. 영화나 드라마 내용을 요약한 시놉시스(synopsis)라는 게 있는데, 등장인물의 면면을 자상하게 설정한다.

최근 발간되는 책들은 독자를 세분화하여 타깃팅하는데 열심이다. 독자
타깃은 갈수록 좁아지고 있다. 내용도 독자타깃에 맞게 더욱 좁아지고 깊
어진다.

『20대에 하지 않으면 안 될 50가지』, 『평범한 10대 수재로 키우기』라는
식의 타깃팅이 『16살 네꿈이 평생을 결정한다』, 『7살부터 하버드를 준비하
라』, 『초등학교 입학 전 부모숙제 50가지』 등으로 더욱 세분화되고 있다.

타이틀링(Titling)

당신이 서점에서 책을 사는 과정을 살펴보라. 가장 먼저 눈이 가는 곳
은? 당연히 표지이고 제목일 것이다. 제목을 잘 짓고 잘 드러나게 표지를
디자인하면 다 한 장사나 다름없다.

'제목장사'라는 말은 미디어 콘텐츠 산업을 단도직입적으로 드러내는
은어다. 그만큼 제목이 중요하다는 뜻이고 책도 예외가 아니다. 제목에 살
고 제목에 죽는다. 책의 내용이 어떠하든 우선 독자의 주목을 끄는 것은 제
목이기 때문이다. 프로듀싱을 하든 직접 쓰든 내 경험을 살펴보면 이거다
싶은 제목이 벼락같이 떠오르는 기획은 거의 성공한다. 예리한 송곳처럼
독자의 욕구를 건드리는 제목의 책을 독자들이 외면할리 없는 것이다.

복사라는 알리바이에 빠지지 말 것.
복사물에서 자신을 지키도록 하라.
일단 복사를 하자마자 읽고 곧바로 기록하라.
−움베르토 에코 『논문 잘 쓰는 방법』−

　다양한 실제 사례와 적절한 에피소드, 전후 문맥에 딱 맞는 인용과 발췌
의 글 등은 책 내용을 아기자기하게 구성하면서 재미있는 책읽기를 보장한
다. 때문에 책을 기획하여 써내기까지 정보와 사례, 아이디어 모으기가 가
장 오래 걸린다. 이 과정은 어떤 요령으로도 대체되지 않는다. 오랫동안 기
획의 겨자씨를 품고 있으면서 관련된 자료들을 하나씩 모으는 것 외에 방
법이 없다.

　요리처럼 책쓰기에서도 맛을 내는 기본은 신선하고 맛있는 제철 재료다.
그런데 그 중요한 재료를 모으는 과정이 만만치 않다. 시사성이 강한 기사
자료는 모으는 동안 시효가 만료되어 쓸모없어지기도 하고 여러 사람이 인
용하여 진부해지기도 한다. 긁어모을 때는 그럴 듯 했는데 막상 적용하려
고 보면 무의미해지는 것들도 많다. 책을 쓰는 과정에서 필요할 때 적절하

게 사용하기 위해 모은 정보를 분류하고 보관하는 작업에 비하면, 자료나 정보의 수집은 차라리 쉽다

나는 집필 중인 책의 주제에 관한 자료, 매달 5일 마감해야 하는 월간지 기사를 쓰기 위한 자료, 프로듀싱하고 있는 책에 필요한 자료를 동시에 모은다. 관심사를 뇌에 등록시켜 놓으면 자동항법장치(오토파일럿)가 작동되고 요소요소의 정보와 자료들이 자석에 끌리는 쇳조각처럼 붙들려 나온다. 내가 하는 일이래야 그것들을 긁어모아 종이박스에 보관하는 것이다. 간혹 운 좋게 각각의 관심사들이 서로 얽혀 전혀 새로운 아이디어를 내놓기도 한다.

정보를 모으고 아이디어를 내는데 있어 메모는 매우 중요하다. 메모하는 데도 요령이 필요한데, 메모지의 앞면만 사용하여 메모지 한 장에 한 가지 아이디어만 기록한다. 단어 하나, 속기문자 같은 암호, 그림 등 뜬금없이 기록하다보면 정리단계에서 무슨 의미인지 잊어버리기도 한다. 아무리 바빠도 이 메모가 내가 쓰려는 책이나 기사, 기획의 어디에 해당하는 것인지까지를 적어두면 나중에 편하다.

신문은 시의성 있는 정보의 보고다. 가능한 한 많은 종류의 신문을 읽어 정보를 수집하되, 스크랩을 통해 정보를 가려내는 작업 또한 중요하다. 신문을 넘겨가며 기사의 크기, 위치를 감안하여 제목 위주로 읽는다. 이때 필요하다 싶은 기사는 바로 오려 둔다. 오려낸 기사는 한번씩 꼼꼼하게 읽고 출처와 게재된 날짜, 용도를 적어 박스에 보관한다. 보다 심도 있는 자료는 책이나 논문, 학술지에서 얻는다. 책은 미리 수십 권씩 찾아내어 쌓아놓고

읽어가며 표시를 해두었다가 한꺼번에 자료카드에 옮겨 적어둔다. 논문이나 학술자료는 도서관 전자책 검색서비스를 통해 찾는다. 그 외에도 필요한 관련인물의 취재와 인터뷰를 통해 보강한다.

디지털화된 정보나 자료는 블로그를 만들어 모은다. 책을 쓰는 동안은 비공개로 운영하면서 쓰면서 떠오르는 단상이나 자료, 칼럼 등을 하나씩 올려둔다. 책쓰기가 완성될 때쯤 블로그도 알차게 채워져 있을 것이다. 책의 출간과 함께 블로그를 공개하면 저자와 독자 간의 커뮤니케이션 창구로 활용할 수 있어 책 홍보에 적잖이 기여한다.

정보나 자료를 수집하는 것만큼 중요한 것이 수집한 정보나 자료를 취사선택하는 작업이다. 자료가 많으면 원고를 쓸 때 편하기도 하지만 자료에 집착하게 되면 자료집으로 전락할 위험이 크다. 아무리 귀중한 자료라 하더라도 내가 쓰려는 책에 필요하지 않은 자료는 과감하게 버려야 한다. 어딘지 모르게 겉도는 자료도 버리는 게 상책이다.

수집된 자료를 인용할 때는 출처를 분명히 해야 한다. 자료수집과정에서 출처를 기록하는 습관을 들여야 한다. 인터넷을 통한 정보검색은 가장 손쉬운 방법이지만 반면 위험하기 그지없다. 무작정 베껴 쓰기, 확인하지 않고 그대로 옮겨 쓰기, 전후 문맥을 고려하지 않고 필요한 부분만 골라 쓰기 등은 인터넷 검색이라는 쉬운 방법이 안고 있는 무서운 유혹이다.
정보를 모으는 과정에서 내가 자주 저지르는 실수가 있다. 관련 있다 싶은 정보란 정보를 다 긁어모으는 것 까지는 좋은데, 그때그때 정보를 내 것으로 소화하지 않고 묵혀두는 것이다. 파일로나 책으로나 복사지로나 잔뜩 쌓아놓고는 읽지도 않고 넘어가는 것이다. 정보나 자료는 그때그때 읽고 소화하여 자신의 것으로 만들어버리는 게 좋다.

아이디어는 실재하는 자료나 정보처럼 열심히 찾는다고 구해지지 않는다. 구현하고 싶은 주제를 어미닭처럼 품고 있다 보면 그 전에 입력된 수많은 정보와 자료와 생각들이 뇌 속에서 상호작용한 다음, 내가 원하는 결과물을 출력한다. 이 결과물을 출력받기 위해 내가 하는 일은 가능한 한 느슨하게 나를 놓아두는 것이다. 집 뒤 산길을 산책하는 것은 아이디어 출력이 필요할 때 내가 자주 쓰는 방법이다. 산길이라고는 하나 명색이 산이고 등산로여서 삼삼오오 등산객들이 정상을 향해 부지런히 걸음을 옮긴다. 나는 등산이 목적이 아니므로 끝까지 가야한다는 부담도 없이 가볍게 산을 오른다. 걸음 느린 어르신들도 나를 제칠 만큼 느린 걸음으로 눈에 보이는 모든 것에 간섭하며 걷는다. 아니 어슬렁거린다고 해야 맞는 표현일 게다. 그러고 있으면 머릿속에선 수많은 아이디어들이 명멸한다. 내 손은 머릿속에 순간 스치는 아이디어들을 옮겨 적느라 바쁘다. 그렇게 산책을 하고 돌아오면 십수장 씩 메모가 쌓이고, 메모를 관심사별로 박스에 옮겨 보관한다.

아이디어 구슬 꿰어 보배로 기획하기

내 컴퓨터가 왜 다른 컴퓨터들과 같아야 한단 말인가.
-톰 캘리 『유쾌한 이노베이션』-

임신 후 2개월까지. 수정란에 불과한 태아(胎芽). 아직은 사람이 아닌 단계. 생각이 이러한 태아단계로 머물러 있을 때, 그리고 그 생각들을 향해 나도 모르게 정보들이 줄달음쳐 몰려들고 있을 때, 어느 순간 내 입에서 흘러나오는 소리가 있다.

"어? 이런 건 어떨까. 어라, 이거 말 되네… 맞아, 맞지? 내 생각이 맞지?"

이 소리를 시작으로 책이든 기사든 이벤트든 기획은 본격화된다. 이 소리가 신호탄인 셈이다. 구체화시키고 싶은 기획에 필요한 아이디어는 어떻게 만들어낼 수 있을까?

먼저 미국의 전설적인 카피라이터 제임스 웹 영이 『광고인이 되는 법』이라는 책에서 소개한 '아이디어 발상의 5단계'를 살펴보자.

1단계 | 자료수집

2단계 | 소화하기

3단계 | 숙성하기

4단계 | 발상

5단계 | 적용

나는 여기에 배아(胚芽)단계를 하나 더 둔다. 배아단계란 아이디어의 단초가 되는 과정으로 아직은 뭐라 말 할 수 없는 그저 인식의 단계에 머물러 있는 시기다. 배아의 단계 마지막 지점에서 나는 아이디어의 방향에 대한 가설을 세운다. 내가 정리한 아이디어 개발의 단계는 다음과 같다.

아이디어 개발의 5단계				
1단계 : 배아기	2단계 : 자료수집	3단계 : 숙성기	4단계 : 필터링	5단계 : 컨셉팅
관심 갖기, 가설 세우기	관심가는 아이템과 관련 정보를 무차별적으로 탐식하기	다른 일에 몰두하면서 자료가 숙성되는 시간을 확보하기	정보를 검토하고 연관성을 파악하면서 가설을 아이디어로 확정하기	원하는 대로 아이디어 다듬기

이 단계를 적용해 장안에 피바람(?)을 몰고 왔던 『B형 남자와 연애하기』를 실례로 아이디어가 기획으로 발전해가는 과정을 살펴보자.

1단계 : 배아기

일하는 동안 어렵게 연애하는 여자들을 많이 만났다. 특히, 여성포털사이트 젝시인러브의 콘텐츠디렉터로 일하는 동안에는 힘든 연애 때문에 청춘을 탕진하는 젊은 여자들을 많이 보았다. 급기야 그녀들은 왜 그럴까, 그녀들의 남자는 어떤 공통점이 있을까 생각하기 시작했다. 그 와중에 B형의 피를 가진 남자들이 별나다는 정보를 접했고, 남자 때문에 우는 여자들을 만날 때마다 그녀의 남자가 혹시 B형이 아닌가하고 물었다. 우연하게도 여자들을 힘들게 하는 남자들이 B형인 경우가 적지 않다는 것을 알게 되었고, 그 보다 중요한 것은 사실과 무관하게 B형 남자들이 괴팍하여 여자를 많이 힘들게 한다는 속설을 믿고 있는 여자들이 많다는 것을 알게 되었다. 그래서 세운 가설이 'B형 남자들은 여자를 힘들게 한다' 였다.

2단계 : 자료수집

우선 다양한 검색을 통해 B형의 특징과 혈액형에 대한 속설, 일반적인 인식에 대해 두루 자료조사를 했다. 혈액형 등 속설에 관심 많은 일본 출판계를 뒤져 혈액형과 사랑법에 대한 정보를 모았다. 만나는 사람마다에게 혈액형에 대한 생각을 묻고 들었다. 자료조사과정에서 가장 큰 흥미를 끌었던 것은 그럼에도 불구하고 많은 여자들이 B형 남자들에겐 묘한 매력이 있다고 여긴다는 점이다. 그 때문에 B형 남자와 힘들게 연애를 하면서도 헤어질 수조차 없는 딜레마에 빠진 경우가 많다는 사실을 입에서 입으로 확인할 수 있었다.

3단계 : 숙성기

지금까지 입력한 정보와 자료가 숙성되도록 시간을 가졌다. 얼마간 시간이 흐른 후 숙성된 아이디어를 가지고 책을 쓰게 될 저자와 얘기를 나누자 진도가 쑥쑥 나갔다. 배아기 못잖게 주요한 것이 아이디어의 숙성이다. 우리의 뇌는 제때 휴식해야 판단력과 창조력을 제대로 발휘할 수 있다. 쥐어

짜기만 하면 좋은 결과를 기대하기 어렵다. 맛있는 양념처럼, 당신의 아이디어에도 반드시 숙성기간이 필요하다.

4단계 : 필터링

가설에 입각하여 숙성된 정보를 나만의 스펙트럼으로 필터링했다. 이 단계에서 정보를 검토하고 연관성을 파악하면서 가설을 아이디어로 확정하거나 새로운 가설을 세우거나 정보를 추가하는 등 2단계로 되돌아가기도 한다. 숙성과정을 거치면서 가설이 확실해졌다. 결국 B형 남자들은 여자를 힘들게 하며, B형 남자와의 사랑을 성취하기 위해서는 어떻게 해야 할까, 라는 보다 정돈된 주제를 굳히게 되었다.

5단계 : 컨셉팅

마침내 '사랑하기 힘들지만 헤어지기는 더 힘든 B형 남자와 연애하기'라는 컨셉 문장을 뽑아냄으로써 이번 기획을 마무리했다. 이후 컨셉을 받쳐주는 객관적인 자료와 실제 사례 및 정황 확보 등을 시작으로 'B형 남자와 연애하는 요령'에 대해 본격적으로 콘텐츠를 구상했다. 이 다섯 단계에서 내가 가장 중요하게 생각하는 것은 첫 단계 배아기다. 뭔지는 확실하지 않지만 육감을 자극하는 그 어떤 것, 그것을 알처럼 가슴에 품고 있는 단계다. 아직은 막연하기만 한 관심사의 단계. 책의 방향조차 모호하다. 이럴 때는 우선 그 관심의 안테나를 가능한 한 높이 뽑아 올리는 것이 중요하다. 안테나선을 타고 생각지도 못한 정보나 자료들이 모여들 것이다. 영국 소설가 로렌스 듀렐은 이러한 과정을 말뚝 박는 것에 비유했다. 그는 말뚝 하나를 박고 50미터 앞에 다른 말뚝을 박으면 방향성이 생긴다고 했다.

"왜 나는 샤워 도중에 최고의 아이디어가 떠오를까?"

아인슈타인이 짜증을 내면서 했다는 말이다. 오늘날의 연구 결과 샤워가 창조적인 뇌의 활동을 촉진시킨다는 것을 밝혀냈다. 샤워나 수영, 걸레질, 면도, 자동차 운전 등은 모두 규칙적이고 반복적인 행동이다. 이런 행동들은 논리적인 뇌를 좀더 창조적인 뇌로 바꿔 준다. 창조성이 필요한 까다로운 문제를 해결하는 방법이 설거지하다가 불쑥 솟아날 수도 있고, 고속도로에서 운전하다가 갑자기 떠오를 수도 있다. 어떤 것이 당신에게 가장 효과가 있는지 알아보고 그 방법을 애용한다.

-줄리아 카메론의 『아티스트 웨이』 중에서-

읽고 싶어 몸살 나게 하는 목차 만들기

창의력은 꿈을 실현하는 과학이다.
—월트 디즈니 이매지니어 『파란 코끼리를 꿈꾸라』—

무엇을 쓸까가 정해지면 이제 구체적으로 책의 얼개를 짜보자. 책의 밑그림을 그리는 단계다. 꼼꼼하게 그린 밑그림은 책쓰기를 더욱 쉽게 해준다. 책의 얼개는 목차에 고스란히 드러난다. 목차는 표지 다음으로 판매에 기여하는 요소다. 충동구매하는 법이 없는 책 소비자들은 표지에 이어 목차를 보며 책의 내용을 가름한다. 목차를 구성하는 각 장과 칼럼의 제목 하나하나가 책을 사서 읽고 싶게끔 유도할 수 있어야 한다.

수많은 자료와 넘치는 아이디어와 메모들을 어떻게 정리하여 제자리를 잡아주느냐 하는 얼개짜기는 책을 쓰는데 있어 어려운 부분 중의 하나다. 작업이 끝나면 바로 책쓰기 단계로 돌입하게 되므로 가장 많은 시간과 노력이 책 얼개짜기에 투입된다.

책은 하나의 큰 이야기(주제)로 이뤄지고 큰 주제는 여러 개의 작은 주제로 구성된다. 작은 주제는 그것을 설명하거나 증명하는 보다 세분화되고 구체적인 이야기들(칼럼)이 받쳐주면서 완성된다. 마지막으로 칼럼은 작은 주제를 풀어내면서 완성도 높은 하나의 이야기로 존재하되 전체적으로는 책의 컨셉에 빈틈없이 부응한다.

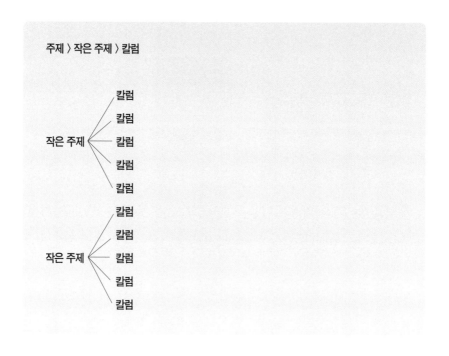

『걷는 습관이 나를 바꾼다』의 경우를 통해 주제를 얼개짜기로 구체화하는 과정을 들여다보자.

주제 : '걷기가 몸에 좋으니 걸으면서 일하고 공부하고 하자'

작은 주제 :

1. 걸으면 좋은 이유… 걸으면 머리가 좋아진다

2. 일을 할 때조차 걷는 게 좋다

3. 걷는 습관 만들기

작은 주제 별 세부 칼럼 :

1. 걸으면 좋은 이유… 걸으면 머리가 좋아진다

걸으면 기분이 좋아진다

걸으면 스트레스 해소에 좋다

걸으면 참을성이 길러진다

걸으면 에너지가 충전된다

걸으면 인격이 향상된다

2. 일을 할 때조차 걷는 게 좋다

걸으며 아이디어를 찾아라

걸으며 보고 듣고 지시하라

걸으며 협상하고 설득하라

걸으며 미팅하라

걸으며 공부하라

3. 걷는 습관 만들기

언제 어디서나 걸어라

걷기에 좋은 자세

운동되게 걸어라

저자는 3가지 작은 주제만큼 중요하다고 생각한 이야기들을 따로 골라 내어 작은 주제를 추가했다. 그 결과 다음과 같은 목차가 나오게 되었다.

추천의 글 | 걸으면서 내가 얻은 것
머리말 | 잘나가는 사람일수록 많이 걷는다

1장. 직장인들이 걷기 시작했다
걸으면서 일하는 이유 | 걸으면 머리가 좋아진다 | 기분이 나쁠 때는 빨리 걷는다 | 스트레스를 해소하려면 조용한 곳에서 천천히 걷는다 | 참을성이 없는 사람을 위한 걷기 | 에너지 충전을 위한 걷기

2장. 아이디어는 다리에서 나온다
아이디어 전쟁 | 걸으며 기회거리를 찾아라 | 보고를 듣고 지시하자 | 걸으며 상사의 지시를 받는 요령 | 걸으며 협상하면 성과가 오른다 | 걸으며 능숙하게 설득하는 요령 | 걸으면서 하는 미팅이 왜 효과적인가

4장. 걷는 습관을 키우는 법
언제 어디서나 '걷기'를 의식하라 | 걷는 것이 운동이 될까 | 좋은 자세와 호흡법

5장. 걸으며 공부한다
걸으면서 하면 잘 외울 수 있다 | 걸으며 하는 영어 공부 | 추론력을 키운다

6장. 걸으면 인격이 높아진다
첫인상의 법칙 | 걸음걸이로 인상이 달라진다 | 되고자 하는 사람이 되라 | 겉모습을 바꾸면 성격도 바뀐다 | 함께 걸으면 좋아진다

이와 같은 방법으로 목차를 구성하는 것은 순전히 내 경험에서 비롯된 내방식이다. 책을 쓰는 사람마다 저마다의 잘 훈련된 방법으로 목차를 뽑을 것이다.

책쓰기 전과정 셀프 프로세스

Sourcing	Concepting	Planning	Writing	Marketing
쓸 거리 찾기	검증하기	시장조사	쓰기	홍보
주제 탐험	컨셉 확정	기획서 만들기	수정 교정	마케팅
주제어 정리		자료 수집 분석	에디팅	
책을 쓰려는 동기 점검		목차 작성		

다음은 책쓰기에 도전하는 전 과정을 스스로 해볼 수 있도록 만든 워크시트다. 책쓰기 온라인 카페에서 써보자.

1단계 | Sourcing

1 내가 가장 잘 쓸 수 있는 거리 찾기

- 당신이 누구보다 잘 하는 일은 무엇입니까?
- 당신이 해 온 일 가운데 큰 노력 없이도 늘 성과가 좋았던 일이 있다면 무엇입니까?
- 다른 사람이 하는 것을 지켜보기 보다는 주로 직접 하는 일이 있다면 무엇입니까?
- 앞으로 좀 더 많이 배워보겠다고 벼르는 것이 있다면 무엇입니까?
- 지금까지 당신이 해 온 일 가운데 두고두고 자랑스러운 성취의 경험은 무엇입니까?
- 그 일만 했다하면 기분이 좋고 행복하고 결과까지 좋은 일이 있다면 무엇입니까?
- 당신이 가장 정열적으로 대하고 많은 힘과 에너지를 쏟아 붓는 일은 무엇입니까?

- 주위로부터 참 잘한다고 평가를 받는 것은 무엇입니까?
- 주위 사람들이 나에게 내리는 공통된 평가는 무엇입니까?
- 책장에 꽂힌 책 가운데 가장 많은 종류는 무엇입니까?
- 당신이 가장 오래 해온 일은 무엇입니까?
- 그 분야에서 특히 당신의 장점이 두드러지는 것은 무엇입니까?
- 남들이 나를 소개할 때 주로 하는 말은 무엇입니까?
- 돈도 시간도 어떤 제약도 없다면 당신이 하고 싶은 일은 무엇입니까?
- 그 일을 하는데 가장 방해되는 요소는 무엇이라 생각합니까?
- 예순 살이 되면, 이라는 비틀즈의 노래가 있습니다. 예순 살 당신의 생일에 당신은 어떤 사람이 되어 있고 싶습니까?

② 주제 및 주제어 찾기
- 위의 대답들 가운데서 가장 많이 반복된 단어를 아래에 써보십시오.
- 그것들이 상징하는 것은 무엇이라 생각합니까?
- 그것을 한마디로 정리해보세요.

③ 책을 쓰려는 동기 점검
- 당신은 어떤 책을 쓰고 싶습니까?
- 당신은 왜 책을 쓰려고 합니까?
- 그 책을 쓰는데 당신이 적임자라는 이유는 무엇입니까?

2단계 | Concepting
① 당신이 찾은 주제가 컨셉이 될 수 있는가 점검하기
- 당신만이 가지고 있는 특화된 이야기(콘텐츠)는 무엇입니까?
- 다른 사람의 비슷한 이야기에 비해 경쟁력이 확실하다면 그 이유는 무엇입니까?
- 당신의 콘텐츠를 가장 환영할만한 독자들은 누구입니까?

- 그들에게 당신의 콘텐츠가 매우 큰 도움을 줄 수 있다고 생각합니까? 이유는 무엇입니까?
- 당신의 콘텐츠는 시의 적절합니까? 일시적인 유행이 아니라 두고두고 당신의 독자들에게 도움이 된다고 생각합니까?
- 당신의 콘텐츠는 한마디로 어떤 것이죠? 이름을 붙여주세요.
- 당신의 콘텐츠에 대해 당신이 쉬지 않고 이야기 할 수 있을 만큼 자신만만합니까? 그 이유는 무엇입니까?
- 당신의 콘텐츠에 관한한 당신이 전문가라고 다른 사람이 동의하겠습니까? 그 이유는 무엇입니까?
- 요컨대, 당신이 쓰려는 책의 컨셉은 무엇입니까?

② 컨셉을 받쳐줄 자료에 대해 점검하기
- 컨셉을 설명해줄 자료가 충분합니까?
- 그 사례들은 실질적이며 모두 사실입니까?
- 자료나 사례가 부족하다면 그에 대한 대안은 무엇입니까?

3단계 | Planning

① 시장조사하기
- 대형서점에 나가 당신이 쓰려고 하는 콘텐츠와 유사한 책들이 어떤 것이 있는지 살펴보고 리포트를 쓰십시오.
- 인터넷 검색을 통해 당신의 주제에 대해 얼마나 많은 사람들이 관심을 가지고 있는지 살펴보십시오.
- 서점 판매원에게 당신의 콘텐츠에 대해 어떻게 생각하는지 의견을 물어보십시오.

② 저술계획서 만들기
- 이상의 자료를 토대로 저술계획서를 만들어보십시오.

❸ 자료수집 및 분석 · 분류

- 블로그에 자료실을 만들고 온라인 자료를 수집하십시오.

- 자료박스를 구입하여 자료를 보관하십시오.

- 주제에 대한 취재 및 인터뷰, 상세 조사 등 당신이 할 수 있는 모든 방법을 동원하여 자료를 모으십시오.

❹ 목차 만들기

- 수집된 자료를 분석하여 카드 작업을 하십시오.

- 작성된 카드를 분류하여 콘텐츠를 큰 가지로 분류하십시오.

- 큰 가지 위에 카드를 배치하여 목차를 만드십시오.

4단계 │ Writing

❶ 목차에 맞춰 한 칼럼씩 쓰기

❷ 초고 완성 후 교정, 수정, 에디팅하기

5단계 │ Marketing

❶ 저자 프로파일 만들기

저자인 당신의 프로파일을 만듭니다.

❷ 표지 내용 만들기

다른 책을 참조하여 표지, 저자 프로파일, 추천사, 헤드라인 카피 등을 써 넣어 보세요.

❸ 블로그 운영하기

당신이 쓴 글을 블로그에 올리고 운영해봅니다.

딱 한 명, 그를 위한 책을 써라

연탄재 함부로 발로 차지 마라.
너는 누구에게라도 한 번이라도 뜨거운 사람이었느냐?
–안도현의 시–

　'인생은 작은 것으로 변화한다' 『배려』의 신문광고 카피다. 나 역시 늘
그렇게 생각한다. 책만큼 큰 변화를 유도하는 매개체도 드물다. 건축회사
공간그룹의 대표이자 건축가인 이상림 씨에게도 그의 오늘을 있게끔 작은
변화를 유도한 책이 있다. 『희망을 짓는 건축가』가 바로 그 역할을 했다. 이
책은 가난한 흑인들을 위해 제자들과 힘을 합쳐 무료로 집을 지어주는 루
럴스튜디오를 설립한 미국 건축가 사무엘 막비의 삶과 활동을 그리고 있
다. 이 책 원서를 접한 이상림 대표는 가난한 사람에게도 영혼의 안식처가
필요하다는 막비의 정신에 감동하여 책을 번역출간하고, 책의 판매수익금
을 가난한 사람들의 보금자리를 마련해주는 데에 썼다. 책의 영향을 받아
시작한 '희망의 보금자리 운동' 은 지금도 계속되고 있다.
　빵 명장 김영모 씨. 여유롭지 못한 어린 시절, 청소년기를 보내고 빵 만
들기를 배우면서 사는 재미까지 배웠다. 그러나 군에 입대하는 바람에 모

처럼 알게 된 사는 재미며 열정을 놓을 수밖에 없었다. 좌절의 한 가운데서 그를 일으켜 세운 것이 바로 한 권의 책이다. 책 속 한 구절 덕분에 '빵 명장'이라는 성취를 이룰 수 있었다고 김영모 씨는 자신의 책 『빵굽는 CEO』에서 술회한다. 표지가 떨어져나가고 군데군데 종잇장도 찢겨져나간 그 책은 나중에 알고 보니 데일 카네기의 『행복론—걱정으로부터의 자유』였다.

나도 그랬다. 『마케팅 불변의 법칙』이라는 책을 만나면서 나는 마케팅을 독학으로 배워나갔다. 이 책을 읽기전만 해도 나는 상품이든 서비스든 제대로 만들기만 하면 고객들이 알아서 사주는 것으로 생각했다. 그러한 나의 생각을 이 책은 '당신이 팔려는 상품이나 서비스의 품질은 중요하지 않다. 그것을 팔아줄 고객들의 마음속에 당신의 제품이 어떤 인식으로 자리잡고 있는가가 중요하다'고 고쳐주었다. 이 책으로 인한 인식의 전환은 그 후 내가 하는 모든 일에 영향을 미쳤고, 그 결과 나는 비교적 경쟁력 있게 살아올 수 있었다. 지금까지 그 책을 수십 권 선물했다. 입소문도 많이 냈다. 얼마 전 용산역 근처 헌책방에서 책을 고르던 처음 보는 군인에게도 마침 헌책으로 나와 있던 이 책을 권했다. 군인이 그 책을 사서 읽었다면 내가 그랬듯이 일찌감치 마케팅에 눈을 뜨고 마케팅에 입각한 삶을 살게 될 것이다.

어쩌면 당신이 쓰는 책도 누군가의 삶을 통째로 흔들어 눈부신 삶을 살아가게 하는 밑거름이 될지도 모른다. 아니, 꼭 그렇게 될 것이다.

누구나 궁금해할 것을 쉽게 풀어 써라

쉬운 것이 올바른 것이다.
올바르게 시작하면 모든 것이 쉬워진다.
―장자―

"귀여운 일곱 살짜리 아이가 보고 이해할 수 있는 방식으로 쓸 수 없는 이야기란 세상에 없다"고 한 이는 대 문호 톨스토이다. 괴테도 이렇게 말했다. "교과서는 매력이 있어야 한다. 그러기 위해서는 지식과 학문이 가장 명확하고 알기 쉬운 형태로 전달되어야 한다" 쉬운 것이 가장 매력 있다는 것이다.

책도 우선은 읽기 쉽고 재미있어야 한다. 게임이니 영화니 TV니 하는 영상매체들과 경쟁해야 하는 만큼, 책읽기 자체가 즐거운 체험이 되어야 한다.

주간지 '뉴요커'의 기자인 말콤 글래드웰은 밀리언셀러작가다. 이른바 대박, 하루아침에 전염병처럼 붐이 일어나 사회현상의 하나로 잡기까지 하는 어떤 현상들을 설명한 책 『티핑포인트』와 순간적인 인식과 판단력의 힘에 대한 책 『블링크』가 그의 저작이다. 이 두 책은 출간 즉시 베스트셀러 몰이를 한 것은 물론 곧바로 유행어가 되었다. 조선일보 뉴욕특파원 강인선 기자가 물었다. "당신의 비결은 무엇인가?" 그가 말했다. "누구나 궁금해하는 것을 쉽게 풀어 썼다"

당신도 쉽게 쓰자. 그래야 읽는 사람이 많아지고, 독자가 많아야 추천도 많이 받는다. 그래야 당신의 책이 많이 팔린다. 고상하고 어려운 얘기는 어차피 알아듣는 몇 사람들의 잔치일 뿐이다. 쉽게 쓰는 가장 대표적인 방법은 이야기 하듯 쓰는 것이다.

『동네철물점은 왜 망하지 않을까』를 쓴 야마다 신야는 쉬운 회계책을 내고 싶다는 출판사의 요청에 이렇게 말했다.

"전문용어가 나와도 거부반응을 일으키지 않도록 회계 자체에 흥미를 가지도록 하고 회계의 본질을 파악하게끔 하는 회계입문서를 만들자"

이 컨셉을 위해 그는 다음과 같이 집필 지침을 만들어 적용했다.

- 일상생활에서 흔히 접하는 궁금증으로부터 이야기를 시작하자
- 회계를 설명하는데 있어서 교과서적인 순서를 취하지 말자
- 일상생활에서 실제로 도움 되는 지식을 전달하자

결과적으로 저자는 2백만 부 가까이 팔리는 책을 쓸 수 있었다.

따지고 보면 쉬워야 한다는 것만큼 어려운 것도 없다. 읽는 이가 제각각이어서 쉽다는 기준이 애매하기 때문이다. 다만 어떤 경우에도 쉽게 어필할 수 있는 몇 가지 원칙적인 요령이 있기는 하다.

살갑게 써라

같은 내용이라도 읽는 이가 늘 접하는 단어와 표현법을 사용하고 공감이 가는 사례와 예문을 인용하면 읽기가 쉬워진다. 아무리 어려운 주제라도

그것을 풀어가는 소주제나 소재들을 아기자기한 것을 취하면 읽기가 수월해진다. 사례를 도입하여 제시하면 공감대가 형성되어 재미가 생긴다. 재미있으면, 읽기 쉽다.

편지 쓰듯 이야기 하듯 써라

당신이 아는 사람 중에 독자라 여겨지는 한 사람을 머릿속에 떠올리며 그에게 편지를 쓰듯 이야기 하듯 쓰면 독자들은 읽기 편해 한다. 이 표현을 독자가 이해할 수 있을까? 재미있어 할까? 마침 필요한 부분이었다고 할까? 궁리하며 쓰기 때문이다.

가령 당신이 어느 사보의 '명사의 책읽기' 라는 칼럼에 들어갈 원고를 청탁받았다고 하자. 당신은 어느 한 권을 골라 어떤 책인지 어떻게 도움을 받았는지 쓰려고 할 것이다. 이때 있는 사실 그대로 써내려가기 보다 그 책에 얽힌 에피소드, 그 책을 읽는 동안 내게 생긴 일, 그 책으로 인하여 내게 생긴 변화들을 소개하면서 책을 권하는 내용을 쓰는 것이 독자들이 읽기에 쉽다.

구체적으로 표현하라

'어느 날 한 카페에서 생긴 일이다' 라는 표현은 누구나 자주 쓴다. 어느 날이 어떤 날인가? 봄인가 가을인가. 비가 오는 날인가? 바람이 불었는가? 카페는 어떤 곳인가. 도시에 있나? 고향마을에 있나? 쓰는 이 당신의 마음속에 있나? 웹에 있나?

무엇에 대해 쓰던지 읽는 순간 이미지가 떠오르도록 써라. '바람이 몹시 불던 초가을, 금방 내린 비에 테라스가 몹시 미끄러운 집 앞 카페에서 생긴 일이다' 이렇게 쓰면 훨씬 구체화된다.

인용하라

주자가 3루까지 출루해 있는 9회 말 투아웃. 점수는 1:1. 이때 터져 나오는 즉시 안타처럼, 전후 문맥에 걸맞는 인용문 한 줄은 글에 생명력을 부여한다. 인용문을 찾아내고 적절하게 사용하는 것 또한 간과해서는 안 되는 저자의 능력이다. 세상에 늘린 좋은 글을 모두 인용하려고 욕심내지 말고 적재적소에, 적시에 인용하는 능력을 길러야 한다. 강조하건데, 인용은 그 출처를 철저히 밝혀라.

문장을 짧게 써라

긴 문장은 아무리 쉽게 써도 읽기 어렵다. 짧게 쓰자. 그래야 쉽다.

출간계획서를 쓰면
앞길이 훤해진다

기획서는 덜어내는 과정이다.

－진지맨 님의 온라인 카페에서－

　책 만드는 일의 시작이자 끝이 기획서 쓰기다. 출간계획서는 책을 쓰기 위한 설계도다. 설계도 없이 집을 지을 수 없듯, 출간계획서 없이 책 쓰는 일도 거의 불가능하다. 영화나 드라마를 제작할 때도 시놉시스(synopsis)라는 이름의 기획서 만들기부터 시작한다. 책이든 영화든 드라마든, 기획서란 '이런 작품을 이런 의도에 의해 이런 방법으로 만들겠다. 이러한 기대효과가 있다'는 내용을 담은 문서다. 양식 같은 것은 따로 없다. 읽기 편하고 의사결정하기 수월하게 쓰면 된다.

　나는 기획하는 책의 저자들에게도 '저자체크리스트'라는 이름의 일종의 기획서를 쓰게 한다. 저자들은 저자체크리스트를 써내려가는 과정에서 미처 생각지도 못했던 것들까지 많이 생각하고 연구하게 된다고 전한다. 출간계획서나 저자체크리스트나 다음과 같은 공통요소를 가지고 있다.

- **기획의도** : 왜 이 책을 쓰게 되었나. 책에 대한 주제나 컨셉, 다른 책과 차별화되는 점, 다른 책에 비해 월등한 점 등을 설명한다.

- **가제** : 저자가 생각하는 책의 제목. 책의 주제나 컨셉을 문장으로 표현한 것인데 대개는 앞으로 쓰려는 책의 내용을 단번에 알게 한다.

- **예상원고 내용** : 책의 내용에 대해 쓴다. 주제 및 소주제, 각각의 칼럼에 이르기까지 가능한 한 목차에 가깝게 쓰는 것이 좋다.

- **저자** : 저자의 프로필과 이 책을 쓰게 된 저자로서의 경쟁력을 적는다.

- **경쟁도서** : 비슷한 혹은 같은 컨셉으로 이미 서점을 통해 판매된 책들을 비교분석함으로써 결과적으로 내가 쓰는 책의 특장점을 조목조목 설명한다.

- **제작 및 책 꼴에 대한 의견** : 책의 스타일 등 제작과정에 관한 것은 출판사가 정하는 것이 보통이지만 특별히 염두에 둔 것이 있다면 표시한다. 원고나 책의 분량에 대해 미리 생각했다면 표시한다.

- **판촉계획** : 저자로서 할 수 있는 책의 판매촉진 방법을 적는다.

- **마케팅 포인트** : 책을 마케팅할 때 동원할 수 있는 마케팅 요소. 가령 『다시 당신을 사랑합니다』는 MBC라디오프로 여성시대 라는 후광보다 양희은, 송승환의 후광효과를 본 기획으로, 마케팅 백그라운드 요소다.

출간계획서를 쓰다보면 중구난방으로 쏟아지던 생각에 체계가 잡히고 자신감이 생긴다. 나 역시 그렇다. 기획서를 쓰고 나면 일에 탄력이 붙기 시작하고 두뇌의 자동항법장치가 서서히 작동한다. 책쓰기 뿐 아니라 창의적인 모든 분야에서 기획서 쓰기를 통한 정확한 방향제시가 필수적이다.

출간계획서는 건축설계도와 유사한 기능을 갖지만 훨씬 유연하다. 대개는 원고가 진행되면서 기획이 수정되고 내용이 바뀌기도 하는데, 컨셉을 벗어나지 않는 범위에서 이를 수용하는 것이 좋다. 『돈이 되는 글쓰기』의 맨 처음 컨셉은 '글쓰기로 돈을 버는 전략과 전술'이었다. 그러나 시장조사를 하고 기획을 하고 원고를 구상 하는 동안 '마케팅에 결정적으로 기여하는 글쓰기 기술'로 바뀌었다. 이 책은 사전 계약을 한 상태여서 출판사 담당자와 바뀐 컨셉에 대해 협의한 후 진행했다.

출간계획서를 썼다면 이것을 바탕으로 보도자료를 써보자. 보도자료는 언론사에 배포하는 홍보자료다. 보도자료를 작성하다보면 언론사에서 좋아할만한 기사로 채택되기 위해서 강조해야 할 내용이 어떤 것인지 알게 된다.

책쓰기 전 체크사항

1. 책이 나온 후 같은 주제에 대한 강연을 요청받는다면 신명나게 얘기할 수 있는가.
2. 내용에 자신 있는가. 관련 정보나 사례, 아이디어 수집이 용이한가.
3. 출판시장에서 관심을 가질만한 주제인가.
4. 당신 스스로에게 재미있는 작업인가, 혹은 당신의 일이나 삶에 획을 그을만한 일인가.
5. 세상에 대한 나만의 돋보기가 될 만한 주제인가. 남들이 봐서 당신에게 제격인 책이었다고 알아줄 내용인가. 당신의 정체성에 부합되는가.
6. 책을 끌고 가는 칼럼들이 최소한 40여개는 되는가.
7. 스스로 다룰 수 있는 주제인가. 독창적인가. 자료는 충분한가. 타깃독자가 분명한가.

책쓰기 전 꼭 해야 할 7가지 숙제

많은 작가들이 문학을 관장하는 신에 대해 숲 속을 떠돌면서 작가의 귀에
달콤한 영감을 불어넣어 산문과 시 혹은 시나리오를 쓰도록 격려하는
어느 동화 속의 존재처럼 생각한다.
그러나 문학의 신은 내게 "이봐 킹! 어서 컴퓨터 앞에 앉아!"라고 소리친다.
-스티븐 킹-

　주제가 정해지고 책의 얼개, 목차까지 정해졌다. 출간계획서도 써봤다.
그렇다면 이제 쓰는 일만 남았다. 그러나 그 전에 꼭 해야 할 일들이 또 있
다. 지금까지는 책의 알맹이를 만들어내기 위한 과정이었고 이제는 책의
형식적인 면을 꾸리는 과정이다. 책의 스타일은 눈에 보이는 책의 꼴과 보
이지 않는 책의 분위기, 이미지 등이 포함된다. 책의 스타일을 만들어내는
가이드라인은 다음과 같다.

집필지침 만들기

　책이 지향하는 방향, 의도를 제대로 살려내기 위해 잊지 않고 적용해야
할 지침들을 추려내어 잘 보이는 곳에 붙여놓고 늘 확인한다.
　나는 이 책을 쓰기 위해 다음과 같은 지침을 만들었다.

- 풍부한 사례, 충분한 인용으로 읽는 재미를 줄 것.
- 쉽게 재미있게 가기, 절대로 어렵게 가지 말 것.
- 첫 책에 쓴 내용은 절대 반복하지 말 것.
- 책을 쓰기 위한 방법론 보다는 책을 쓰게 만드는 동기부여에 포커싱할 것. 책을 읽고 났을 때 나도 하면 되겠네, 싶은 욕구가 꿈틀거리도록 쓸 것. 왜냐면 먹고 싶으면 맨 손으로도 물고기를 잡는 법이니까.
- 책 쓰는 방법에 대해 아는 척 하는 이가 많을 것이나 기죽지 말 것. 나는 내 이야기를 하는 것이니까.

그 지침은 다음에 보는 것과 같이 표로 만들어 모니터 옆에 붙여놓고 썼다.

마인드매핑의 예

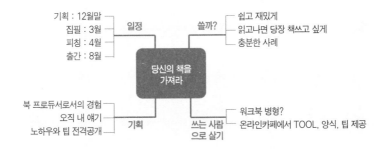

기획서가 책의 전체적인 방향을 지적하는 마스터플랜이라면 지침은 책을 쓰는 내내 참고해야 할 매뉴얼이다. 마스터플랜만 있어도 책을 쓰는데 지장이 없지만 지침까지를 만들어 놓고 시작하면 샛길로 빠질 위험조차 사

라진다. 작가 이현수 씨가 『신기생뎐』을 쓰면서 세운 지침은 다음과 같다.

- 미문을 경계하자(소재가 화려한데 문체조차 화려하면 아무도 읽지 못한다).
- 부용각에서 시작하고 부용각에서 끝내자(서사를 끌고 가다보면 여러 갈래로 가지를 쳐서 대하소설이 될 확률이 높다).
- 기생에 관한 어떤 결론도 내리지 않는다(독자의 몫도 있어야 한다).
- 모르는 것은 절대로 쓰지 말자(백퍼센트 들킨다).
- 필요하면 신파도 기꺼이 도입한다(눈치 보지 않는다).

원고 매뉴얼 만들기

책의 컨셉에 맞게 원고를 써내기 위한 로드맵이다. 원고는 문장, 문체, 시점, 시제 등이 일관되어야 독자들에게 혼동을 주지 않는다. 원고 매뉴얼은 원고 톤에 관한 것 뿐 아니라 소제목 붙이기 여부, 이미지 여부, 각 꼭지의 분량 등 세부적인 항목들에 대해 일일이 가이드라인을 적용해 만든다. 칼럼을 구성하는 조건들이 해당된다.

문체는 책의 톤을 설정하는데 크게 기여하면서 저자의 개성이 가장 많이 반영되는 요소다. 인터넷 사용자가 많아지면서 재기발랄한 '인터넷 스타일'이 호응을 얻고 있지만 어디까지나 책의 성격과 저자의 역량에 맞춰 문체를 정해야 한다. 행복학 강사 최윤희 씨는 카피라이터 출신답게 엽기발랄한 문체로 책을 쓰는데, 그의 글을 읽다보면 그녀의 수다가 귀에 들리는 듯하다. 작가 정이현 씨가 신문에 연재하다 출간된 소설 『달콤한 나의 도시』도 기존의 신문연재소설이 갖던 사회성, 역사성을 상징하는 중후함 대신 재기발랄한 문체와 문장으로 비주얼 시대의 연재소설 읽기라는 새로운 재미를 안겨주었다.

샘플원고를 만든 후 시작하라

집필 지침과 원고 매뉴얼에 따라 작성된 샘플원고를 모니터 옆에 붙여놓고 원고를 쓰면 초고부터 완전원고까지 정돈된 원고를 쓸 수 있다. 샘플원고는 내용을 구성하는 최소한의 단위(꼭지)를 기준으로 작성한다. 즉, 소제목-전문-본문원고를 기본으로 하여 원고 분량, 전문 원고의 분량, 문체, 시점, 문장의 길이 등에 대해 구체적으로 명시한다. 이 책의 경우를 살펴보면 이 책은 모두 4장으로 구성되었고 각 장마다 5개에서 18개 사이의 칼럼으로 구성되었다. 칼럼은 각각 독립적이면서 장의 주제, 책의 전체 주제에 맞는 유기적인 내용으로 꾸려진다. 샘플원고는 이 하나하나의 칼럼에 대한 것으로, 이 책은 소제목-전문 대신 출판에 대한 격언 인용-본문으로 구성되었다.

제목을 사방팔방에 붙여두라

목차에 따라 써내려가다 보면 지금 뭘 하고 있는지 잊어버릴 때가 있다. 그럴 마다 쓰고 있는 것에 대해 환기해야하는데, 모니터 옆이나 방문 앞, 식탁머리, 냉장고 문, 자동차 핸들 옆 등에 제목을 크게 써서 붙여두면 책 내용을 늘 인식할 수 있다.

마감시간을 두고 써라

미리 계약부터 하고 쓰는 원고가 아닌 다음에야 한없이 늘어질 수 있는 게 책쓰기다. 언제 끝내겠다고 기약도 없이 허구한 날 원고와 씨름하는 것은 능률면에서 효율성 측면에서 바람직하지 않다. 언제까지, 라고 스스로와 약속한 다음에 써라. 마감시간을 역산하여 하루하루 써야 할 분량을 정해놓고 쓰면 늘어지지 않고 제때 책을 끝마칠 수 있다. 기성작가든 초보 작가든 마감이 닥쳐야 마음이 다잡아지는 건 같다.

얼리지 않는 문은 없다.
여러 경로를 모색하라

컴퓨터 파일 형태의 출판물을 전용뷰어를 통해
컴퓨터나 전용 단말기로 읽는 디지털 출판물을 전자책이라 부른다.
－성대훈『디지털 혁명, 전자책』－

책＝종이, 라는 고정관념의 등식이 와장창 깨어지고 있다. 이제 책은 종이로 인쇄해서 뿐 아니라 인터넷이든 휴대폰이든 PDA로든 얼마든지 편리하고 다양하게 읽을 수 있다. 종이책만이 책은 아닌 것이다. 출판경로도 책->온라인 미디어, 라는 등식 대신 온라인->종이책, 종이책->온라인->종이책 등 필요에 따라 다양한 융합전략을 펼치고 있다.

이탈리아의 두 젊은이 안토니오와 알렉산드로는 자신들의 홈페이지에 자전적 인터넷 소설 '1000유로 시대'를 발표했다. 온라인 매체의 특성대로 이 소설은 마우스에서 마우스로 소문나면서 많은 독자들이 다운로드 받아 읽었다. 이 인터넷소설은 5월이면 종이책으로 출판될 예정이라 더는 홈페이지에서 다운로드 받을 수 없다.

이제 책 한 권 써보겠다고 마음먹은 당신이라면 종이책에만 집착할 것이 아니라 전자책에도 도전하라. 장르문학이라 불리는 판타지, 무협, 로맨스에 강하거나 건강, 요리 등 단편적인 콘텐츠 만들기에 자신이 있다면 전자책을 우선 생각하자. 바로 이 분야의 콘텐츠가, 지금 그리고 앞으로도 전자책 콘텐츠로 가장 많이 팔린다.

아직은 종이책이 그럴듯하긴 하다. 그러나 당신의 책이 아쉽게도 시장성이 불분명하다면, 출판사에서는 출판을 거절할 것이다. 펄 벅 여사가 노벨상을 수상한 작품 『대지』를 18군데 출판사에서 거절당했었다는 식의, 신인작가 시절 원고를 받아주는 출판사가 없어 눈물로 단련되었다는 에피소드는 이름난 작가들을 수식하는 전설이다. 하지만 초보작가인 당신이 열리지 않는 출판사 문을 두드리다 지쳐 포기하는 대신, 전자책을 택한다면 훌륭한 대안이 될 수 있다.

당신 스스로 발행인이 되어 책을 내는 자비출판도 하나의 방법이다. 자비출판 외에 맞춤출판(POD; Publish On Demand), 핸드메이드 북 등 다양한 방법으로 당신의 책을 세상에 내놓을 수 있다.

자비출판

당신이 비용을 들여 출판하는 방법이다. 출판사에 의뢰하거나 편집디자인회사, 인쇄소 등에 직접 의뢰하여 책으로 펴낸다. 우리가 흔히 접하는 단행본 크기의 200페이지 내외의 책을 1000권 펴내는데 드는 돈은 대행을 맡기는 비용까지를 합하여 적게는 500만원에서 평균 800만 원 가량 든다. 자비로 펴낸 책을 판매도 하고 싶다면 제작을 대행한 출판사나 판매대행회사를 찾아 의뢰하거나, 신문, 홈페이지 등 미디어에 광고를 게재하여 한 권한 권씩 직접 판매하는 통신판매 방법이 있다.

최근 해리포터보다 더 큰 인기를 누리고 있는 영국 판타지 소설 『섀도맨서』도 자비출판으로 세상 빛을 본 케이스. 신도가 80명인 교회의 목사 저자 테일러는 책을 내주겠다는 출판사가 없어 오토바이를 팔아 2500부 자비출판 했다고 한다. 그렇게 탄생하여 세상에 떠돌던 책이 대형출판사의 눈에 띄어 새롭게 출간되고, 지금까지 20개 언어로 3억 부 이상이 팔렸다.

맞춤출판

맞춤책 사이트 아이올리브, 블로그 서비스업체 이글루스 등 전문 업체와 대형 인쇄업체 등에서 독자적인 맞춤책 프로그램을 서비스하고 있다. 맞춤책 프로그램은 책에 필요한 원고 작성부터 출판까지의 전 과정을 따라 하기 쉽게 구성하여 원고가 완성되면 1:1 상담을 통해 당신이 원하는 대로 책을 만들어낼 수 있다. 비용을 당신이 전적으로 부담한다는 측면에서 보면 자비출판이라고도 할 수 있다. 간혹 해당업체에서 원고를 욕심내어 출간을 제안하면 돈 들이지 않고 책으로 낸 다음 인세를 받기도 한다.

핸드메이드 북

완성된 원고를 가지고 제작의 전 과정을 손수 해내는 북아트 작업. 전문업체의 도움을 받아 이 세상에서 단 한 권뿐인 당신의 책을 당신 마음대로 만들 수 있다.

전자책

학교와 공공도서관 등에서 관리가 쉽다는 이유로 전자책을 사들이고, 전자책 전문 업체들은 신간과 구간 모두를 본문 내용까지 데이터베이스화하여 포털사이트를 통해 본문검색 서비스를 제공하고 있다. PC는 물론 PDA, 휴대폰 등 이용자가 편리한 환경에서 시간과 공간의 제한 없이 책을 읽을 수 있다는 장점이 모니터에서 읽기에 익숙한 젊은 층 사이에 급속도로 번져가고 있다. 종이책 출판사들이 마다하는 특수 분야나 대중성이 떨어지는 내용도 전자책으로는 얼마든지 출판이 가능하다.

출판에 드는 비용이 종이책에 비해 현저하게 적은데다 종이책이 서점에서 판매되는 기간이 짧은 데 비해 전자책은 무한대로 실시간 판매가 가능하고 디지털 데이터베이스로 구축되는 책 본문원고는 영구히 보존된다. 게다가 책 판매에 따른 인세 지급 또한 종이책 못지않다. 오히려 전자책의 정가가 종이책에 비해 낮은 것을 감안하면 저자에게 돌아가는 인세율은 종이책에 비해 훨씬 높다.

전자책 서비스업체의 하나인 북토피아의 경우 다음과 같은 경로로 전자책을 출판하고 있다. 종이책에 비해 저작권 계약 단계에서 약간의 차이가 있을 뿐, 제작단계는 거의 동일하다. 북토피아의 경우, 고무림 e-book 브랜드에서 출간하는 무협연재물과 로맨스하우스 브랜드에서 출간하는 각종 로맨스 도서 두 종류가 전자책으로 독점 서비스되고 있다. 이 밖에 대학 교재로 사용되기 위해 출간된 도서 수종과 과학서적 수종, 경제학 책 수종과 성인콘텐츠 수종 등이 있다. 처음부터 전자책을 기획할 경우 독자들의 이해를 돕는 본문 관련된 이미지를 많이 포함시키는 것이 좋다. 종이책에 비해 이미지 및 컬러인쇄에 따른 비용이 저렴하고 텍스트보다는 이미지를 선호하는 독자들의 추세를 반영하자는 의도다.

책쓰기를 방해하는 뻔한 변명 5가지

절대 후회하지 마라. 만약 작품이 좋다면 바랄 것이 없다.
만약 작품이 나쁘다면, 그것은 단지 경험일 뿐이다.
-빅토리아 홀트-

나는 누구나 마음만 먹으면 어떤 책이든 한 권 쯤 쓸 수 있다고 생각한
다. 그런데, 많은 사람들은 어떻게 하면 쓸 수 있을까를 궁리하기보다 변명
을 늘어놓기에 더 바쁘다. 내가 들었던 수많은 변명들은 다음과 같다. 그
변명들에 대한 내 생각도 다음과 같다.

나는 책을 쓸 줄 모르는데

책은 이렇게 써야 한다, 는 절대기준은 없다. 게다가 개성시대 아닌가.
절대적으로 좋다거나 절대적으로 나쁘다거나하는 기준이 없으므로 당신은
그저 당신이 정한 주제에 대해 쓰면 그 뿐이다. 판단은 독자가 한다.

전문가도 아닌데

당신의 사고와 경험에 관한한 당신이 유일한 전문가다. 손수 집안 꾸미

118

기를 좋아하는 황혜경 씨. 그 경험과 지식과 정보를 추려 블로그에 올렸는데, 이게 그만 붐을 타는 바람에 책으로까지 출판이 되었고 5만 부 이상이 팔렸다. 전문가가 보기엔 전문가가 아닐지 몰라도 손수 집안을 꾸미고 싶어 하는 일반인들에겐 꼭 필요한 전문가란 얘기다. 당신이 잘 하는 것은 무엇인가? 그것을 살펴라. 건성으로 접근하지 말고 애정으로 경험과 느낌을 어루만져야 한다. 그러면 단 한명의 독자라도 당신의 시선에 공감하고 열렬한 지지를 보낼 것이다. 당신의 통찰력으로 편집된 당신의 경험과 사고는 누군가에게 정신적인 일깨움이 되고, 평생 잊지 못할 운명적인 책 한권이 되어 줄 것이다. 누구나 단 한 번뿐인, 시행착오도 리허설도 허용되지 않는 인색한 인생살이에서 당신이 먼저 경험하고 알려주는 경험칙은 비슷한 길을 가려거나 걷고 있는 사람에게 불 밝은 등대가 되어줄 수 있다.

일도 많고 시간이 없어서

당신이 책을 쓰려고만 한다면, 아무리 일이 많고 시간이 부족하다고 해도 결국 쓸 수 있다. 중요한 것은 당신이 쓰기를 간절히 원하는가이다. 쓰고 싶다면 어떻게 해서든 시간을 만들어 쓰게 된다.

뭐 쓸 게 있어야지

반드시 거창한 주제에 관해서, 대단한 사람들에 의해서만 책이 써지는 건 아니다. 책으로 쓸 만한 대단한 '거리'가 없어서 엄두가 나지 않는다는 당신에게 내 경험을 얘기해주고 싶다. 나는 한때 열렬한 소설가 지망생이었다. 그 한때, 정말이지 열심히 습작했다. 소설가로서의 유일한 미래를 준비하다 그만 두게 된 것은 내 소설에—비록 습작품에 불과했으나— '사회성'

혹은 '참여정신'이 결핍되었음을 알았기 때문이었다. 내가 문학청년으로 살던 80년대 중후반만 하더라도 문학의 관심은 사회와 역사에 있었다. 사회성이 결여된 천성 때문에 나름대로 열등감을 앓고 있던 나는 『고등어』류의 사회성 짙은 소설들이 베스트셀러에 오르는 것을 보며 낙담을 거듭했고, 결국 수십 편 습작원고를 불태웠다. 나는 사회가 어떻게 되돌아가든 관심 없었다. 내 손톱 밑의 가시가 더 아팠다. 나는 지극히 개인적인 주제들에만 관심을 보였고, 그것을 오감으로만 써내는 방법에 집착했다.

당신이 책으로 쓸 '거리'가 없다고 하는 것처럼, 그 당시 나에게 소설로 쓸 '거리'가 없어 보였다. 중도 포기한 소설가에의 길은 마음의 호적부에 선명한 빨간 줄을 남겼다. 그런데 지난해 말, 비로소 나는 그 빨간 줄을 지울 수 있었다. 국내 소설의 위기를 점검한 신문기사 덕분이다. 잘 나가던 한국 소설이 겪는 총체적인 위기와 시장에서 보여주는 참담한 반응의 원인은 '너무 뜨겁기 때문'이며 '너무 뜨겁다'는 것은 우리 문학이 현실보다는 역사적 공간에, 개인보다는 집단의 가치관에 천착했기 때문에 독자의 감각 변화와 너무 거리가 멀어서라고 했다. 바로 그 이유, 나의 주특기였던 '개인의 삶에 대한 천착'에의 부족이 한국소설 쇠퇴의 원인이라고 나를 대신하여 언론이 짚어준 것이다. 그랬는데, 소설가 김훈 씨가 단편집을 내면서 이렇게 얘기하는 바람에 빨간 줄은 다시 생겨버렸다. 김훈 씨는 얘기했다. 선배들과 같이 거대서사를 쓰지 못하고, '우리'에 대해서 '너'에 대해서 쓰지 못하고 '나'의 이야기에 머물고 있어 부끄럽다고. 나는 더욱 참담했고 부끄러웠다. 나는 '나'에 대해서도 못쓰고 말았는데…

조선일보 북섹션을 담당하는 김광일 기자도 이렇게 적고 있다.

"(뜨거운 시대를 살아야 했던 작가들은 너무 뜨겁다고 전제하고) 독자들은 이미 다 잊어버리고 가볍게 걸어가고 있는데 작가들은 아직 그 짐을 어깨에서 내려놓지 못하고 헐떡이고 있습니다. 짐을 올려놓기도 어렵지만 내려놓기는 더 어려운 법이지요. 그 역사의 짐을 내려놔야 새 시대 독자들과 소통할 수 있지 않을까 싶은 생각이 듭니다"

나는 알았어야 했다. 다른 사람이 어떤 소설을 쓰고 어떤 책을 쓰던, 그것이 서점에서 베스트셀러가 되고 영화와 드라마로 만들어지던지 간에 나는 내 길을 갔어야 했음을. 그저 내가 쓸 수 있는 것, 쓰고 싶은 것을 쓰기만 했어야 함을. 그리하였다면 지금쯤은 한국의 유미리가 되어 한국 소설계를 평정하고 있을 지도 모른다는 것을.

그러므로 당신이 쓸 수 있는 것을 찾아 쓰자. 남들이 무엇에 대해 어떻게 쓰던 상관말자. 어렵게 생각할 것 없이 책쓰기란 당신의 삶에 다른 사람을 초대하는 것이다. 이 초대가 당신이 책을 쓸 수밖에 없는 이유다.

내 얘기가 도움이나 되겠어?

번역작가 박찬순 씨는 글쓰기란 화살을 쏘는 일이라고 설명한다. 롱펠로우의 시에서처럼.

"허공을 향해 화살을 쏘았네
화살이 떨어진 곳이 어딘지 몰랐네(중략)
먼 훗날 뒷동산 참나무에서
나는 아직도 부러지지 않고 박혀있는 그 화살을 찾았네"

박찬순 씨는 번역하며 짬짬이 쓴 글을 묶어 책으로 펴낸 후 자주 자신이 날려 보냈던 화살들을 발견한다고 한다. 그녀의 이 표현에 나는 매우 공감한다. 나야말로 뜬금없이 발견되는 '화살'로 하여 지금 이 책을 쓰는 동안에도 크게 격려 받았다. 당신 또한 책쓰기라는 작업을 통해 수많은 '화살'을 날리게 된다. 그 화살을 누군가는 받게 될 것이다. 그 화살은 받은 이의 영혼과 가슴 깊숙한 곳에 큐피드의 자국을 남기게 될 것임을 나는 확신한다. 안톤 체호프도 이렇게 얘기했다.

"짚신도 짝이 있듯이 아무리 형편없는 작품도 읽는 사람이 있다. 그러므로 두려워 말라"

『펄떡이는 물고기처럼』에는 다음 구절이 나온다.

"비록 당신이 어떤 일을 하는가에 대해서는 선택의 여지가 없다 하더라도 어떤 방법으로 그 일을 할 것인가에 대해서는 항상 선택의 여지가 있다"

이 구절을 나는 이렇게 바꾸어 당신에게 읽히고 싶다.

"비록 당신이 가지고 있는 소재나 주제가 지극히 한정되어 선택의 여지가 없다 해도 어떤 방법으로 그 책을 쓸 것인가에 대해서는 선택의 여지가 무궁무진하다"

심지어 죽어가면서도 책을 쓴 사람들이 있다. 『인생 수업』은 20세기 최고의 정신의학자이자 호스피스 운동의 선구자로 인정받는 저자 엘리자베스 퀴블러-로스의 유작이다. 책을 끝내지 못하고 그녀는 죽었고, 공저자이면서 저자의 제자 혹은 후배인 데이비드 케슬러가 책을 완성시켜 출간했다. 『인생이 내게 준 선물』은 말기 암 선고를 받은 미국 최고의 회계법인 KPMG그룹 CEO 유진 오켈 리가 죽음 D-DAY 100일을 남기고 마지막을 준비하며 써내려간 기록이다.

결론을 말하자면, 당신이 누구이든 당신은 쓸 수 있고 결심하고 행동하며 가능한 한 많은 시간을 쓰는 일에 할애할 때 당신도 작가로 입신할 수 있다. 지금 당장 대형서점을 나가 살펴보라. 얼마나 다양한 사람들이 책을 써냈는지. 짚신도 짝이 있듯, 어떤 내용을 쓰든 당신의 책에도 독자가 따로 있다고 얘기한 안톤 체호프 선생의 말을 다시 떠올려 보자. 그리고 쓰자.

How to write your book?

당신의 책, 이렇게 써라

퇴짜 맞지 않은 베스트셀러 작가는 없다.
-잭 캔필드-

쓰겠다고 결심한 순간
당신은 이미 작가

어느 모로 보나 글쓰기는 '나'를 말하고 '내 생각'을 강요하며
'내말'에 귀를 기울이게 만드는 행위다.
-조안 디디온-

　책을 쓰겠다고 결심부터 하라고 부추겼지만, 막상 쓰려고 들면 어디서부터 시작해야 하는지 막막하다. 책쓰기에 있어 가장 중요한 것은 책쓰기를 습관들이는 것이다. 책쓰기를 습관들이는 방법은 매일 일정 시간을 책쓰기에 할애하고 집중이 잘 되는 공간을 확보하는 것이다.

책 쓸 시간을 확보하고 습관을 들여라

　월 스트리스 저널이 보도한 기사에 따르면 베스트셀러작가로도 널리 인정받는 지미 카터 전 미국대통령은 매일 오전 5시에 일어나 신문을 훑어보고 집필에 들어갔다고 한다. 이어 8시에 아침식사를 하고 11시까지는 또 책을 쓴단다. 이렇게 집중한 결과 그가 펴낸 책은 무려 18권. 모두 대통령 퇴임 후의 작업물이다. 영국작가 서머싯 모옴은 오전 8시부터 12시 45분까지는 무슨 일이 있어도 글을 썼다. 마케팅 전문가인 데이브 라카니는 『딱 1시간만 미쳐라』를 통해 45분만 집중하는 버릇을 들이라고 주문한다. 그 45분 동안은 전화선을 뽑고 이메일을 닫고 휴대전화도 꺼두라고 강요한다. 45분을 못 기다려줄 만큼 중차대한 일은 세상에 없다는 것이다. 45분 동안 무서운 집중력으로 뭔가를 한 다음, 15분 동안 휴식을 취하며 다음 45분을 준비하라고 권한다.

전업작가가 아니라는 것이 쓰지 않는 변명이 될 수는 없다. 우리가 알고 있는 유명한 작가들 가운데 책 쓰는 일에만 매달려 사는 전업작가는 많지 않다. 대부분의 작가들은 먹고 사는 일에 하루 중 많은 시간을 할애하고, 그러고도 남는 시간을 쪼개어 글을 쓴다. 출근하기 전 이른 시간이나 잠들기 전 늦은 시간, 혹은 일요일이나 공휴일 할 것 없이 그들은 쓴다. 할 수만 있다면 없는 시간도 만들어 쓰는 데 썼을 것이다. 먹고 살기에도 빠듯한 시간, 여기에 책쓰기라는 도전을 시작한 당신이 이들에게 배워야 할 것은 하루 중 일정시간 글쓰기 하는 습관을 몸에 붙게 하는 것이다.

절대적인 시간의 양도 중요하지만, 그보다 더 중요한 것은 그 시간을 얼마나 집중적으로 활용하느냐다. 책을 쓰는 일은 고도의 정신집중이 필요한 일이어서 잠간 딴청을 하더라도 리듬이 깨지고 생각의 흐름에서 벗어나버려 계속 쓰기가 어려워진다. 캘리포니아 대학 연구팀의 결과에 따르면 수시로 다른 일을 하다가 다시 원래의 일로 돌아가는 데 평균 25분이 걸린다고 하니, 막연히 짐작하는 것보다 훨씬 심각하다.

눈에 보이는 '딴 짓'으로 책쓰기를 방해받는 것보다 더 큰 손실이 있다. 바로 딴 생각에 휘둘리는 것. 한 자 한 자 써내려가면서 이게 잘 하고 있는 일인지, 다른 사람들이 내 글을 읽으면 어떻게 생각할까? 혹시 책이 잘 나가서 대박이 나면 차를 먼저 바꿀까, 외국 여행을 다녀올까? 하는 생각들이 당신의 글쓰기를 방해한다. 책쓰기에 대한 불안감이나 막연한 두려움, 책쓰기 이후 어떻게 될지도 모르는 미래에 대한 상상력 때문에 집중력이 흐려질 때마다 당신은 더욱 쓰기에 몰입해야 한다.

『시간흡혈귀를 퇴치하는 유쾌한 방법』의 저자이자 시간관리의 귀재로 알려진 댄 케네디는 매일 오전 한 시간 이상 글을 쓴다. 몇 시에 일어나든 무조건 첫 한 시간은 글을 쓰는 시간이다. 집에 있을 때든 여행 중일 때든, 평일이든 주말이든, 피곤하든 말든, 영감이 떠오르든 말든 무조건 한 시간 이상은 글을 쓴다. 심지어 어머니가 돌아가시고 발인을 하던 날 아침에도 그 1시간을 지켰다고 한다. 그는 또 주간이나 월간 단위로 글을 써야 할 시간을 미리 할당해두고 자신과의 약속을 지키며 산다.

섬세한 일본 소설들을 번역하는 권남희 씨는 『번역은 내 운명』에서 이렇게 적고 있다.

"…이혼서류를 내던 날도 무너지는 가슴 끌어안고 사전을 뒤적거렸고, 서울 가는 짐을 싸놓은 옆에서 노트북을 또닥거렸고, 얼마 안 되는 돈으로 종일 부동산을 순례하며 방을 얻으러 다니고 온 날 밤에도 할당된 분량의 작업을 하였다…"

수필문학의 꽃을 피운 공로자로 인정받는 영국의 수필가 찰스 램은 인도 회사에서 회계원으로 일하다 50세가 되어서야 정년퇴직했다. 몇 년 후 그는 자유롭게 쓰고 읽을 수 있는 시간을 갖게 된 자신을 축복해준 동료 여직원에게 이런 내용의 편지를 보냈다.

"바빠서 글을 쓸 수가 없다는 사람은 시간이 있어도 글을 쓰지 못합니다. 좋은 생각도 바쁜 가운데서 떠오른다는 것을 깨달았습니다"

책을 쓰라고 주어지는 시간은 없다. 시간은 만들어 써야 한다. 평일 퇴근 후 어떻게든 2시간씩 일주일에 사흘만 쓰는 시간을 만들어보자. 힘들면 주말과 휴일에 각 3시간씩은 어떨까? 각각 1년에 312시간이나 된다.

평일에 사흘씩이나 두 시간씩 쓰기란 쉽지 않다. 퇴근 이후에, 또 주말이나 휴일에, 해야 할 일이 따로 있고 휴식하기에도 부족한 시간이란 건 잘 안다. 그러나 주말이나 휴일에 해야 할 여러 일 가운데 하지 않으면 안 되는 일만 하고, 나머지 시간을 어정거리며 보내는 대신 글을 쓰자. 책 쓰는 시간을 확보하는 원칙은 다음과 같다.

- 매일 쓰겠다고 원칙부터 정하라.
- 가능하면 정해진 시간에 습관처럼 써라.
- 우선 책을 쓰고 남는 시간에 다른 일을 하라.
  하지 않으면 안 되는 다른 급한 일은 밤을 새워서라도 하게되어있다. 그러나 책쓰기는 급한 일에 밀리다보면 절대 불가능하다.
- 언제든 짬만 나면 써라.
- 쓰기에 탄력을 받으면 중단하지 말고 일단 계속 써라.

재택근무를 하는 나는 원고를 쓸 때 집전화, 휴대폰, 이메일 모두 거들떠도 안 본다. 집에 있어도 없는 척, 전화를 받을 수 있어도 없는 척 한다. '의도된 부재' 다. 인터폰이 울려도 '나는 지금 집에 없다' 며 외면한다. 작가 최윤 씨는 일주일에 이틀씩 '비밀의 날' 을 지키며 산다. 이 날은 선약이 있는 날이다. 누가 청해도 선약 때문에 다른 약속을 할 수 없다. 이틀 동안은 소설만 생각하고 소설만 쓴다. 『익숙한 것과의 결별』의 저자 구본형 씨는 매일 오전 4시에 일어나 두세 시간 글을 쓴다. 그는 새벽이든 한 밤이든 쓰는 사람에게 가장 좋은 시간대를 찾아 매일 조금씩 쓰라고 권한다. 그렇게 되면 '긍정적 중독' 의 기쁨을 알게 된다고 알려준다.

2006 노벨상 수상작가 오르한 파무크는 글을 쓰는 동안 외부와의 통로는 팩스만 열어놓는다. 전화코드를 뽑고 자동응답기도 쓰지 않는다. 당신도 언제나 어디서나 '쓰는 사람' 으로 사는 거다. 장담하는데, 그러다보면 쓰는 재미를 알게 되고 재미 붙인 일은 끝장을 볼 수 있다.

쓸 수 있는 '제 3의 공간' 을 찾아라

책을 쓸 시간이 확보되면 어디서 쓰는가는 거의 문제가 되지 않는다. 시간을 확보했다는 것은 쓰겠다는 의지가 발현된 것이기 때문이다. 희한하게도 책을 쓰는 공간은 책상을 벗어난 곳일 때가 더 많다. 나도 그렇고 저명하신 작가들 가운데도 그런 분이 많다. 『해리포터』 시리즈도 니콜슨이라는 카페 한 귀퉁이에서 태어났다. 헤밍웨이도 파리의 카페 되마고와 카페 돔에서 옆자리의 제임스 조이스를 힐금거리며 단편들을 써냈다. 미당 선생은 동백장 여관에 머물며 시를 쏟아냈다. 러시아 소설가 블라디미르 나보코프는 외국을 떠돌며 살았는데, 그의 쓰는 공간은 욕실이었다. 당신도 필요하다면 당신만의 창의력을 분출하게 할 제 3의 장소를 찾아 그곳에서 써라.

세계적으로 유명한 작가가 되어 원 없이 돈을 벌어들이고 있는 조앤 K 롤링은 아직도 틈만 나면 버릇대로 카페나 식당을 찾아가 두어 시간 글을 쓴다. 시인 고은 선생은 서재에 3개의 책상을 들여놓고 쓰는 책마다 책상을 달리하며 쓰고 있다. 당신의 창의력이 폭발하는 그곳은 어디인가. 가능한 한 거기서 써라. 일단 써라!

글쓰기와 책쓰기

백날 글을 열심히 쓴다고 그것이 저절로 책으로 나오진 않는다. 출판사에서 우연히 당신의 글을 눈여겨보다가 책으로 내자며 연락해 올 수는 있다. 그러나 이럴 때도 써서 모은 글이 그대로 책으로 나오는 것은 아니다. 당신이 주도적으로 책을 펴내겠다는 의도와 의지가 없으면 글쓰기는 그저 글쓰기일 뿐이다. 『참을 수 없는 존재의 가벼움』의 작가 밀란 쿤데라는 뭔가를 책으로 펴내고 싶어 하는 사람이나 욕구를 '그라포마니아'라 명명했다. 그에 따르면, 하루에 연애편지를 4통씩 쓰는 여자는 단지 사랑에 빠진 여자일 뿐이지만, 그것을 묶어 언젠가 출판할 생각을 하고 있는 다른 여자는 그라포마니아다. 그러니까 그라포마니아란 편지나 일기 가족사를 쓰고 싶어 하는 욕구가 아니라 그것을 '책으로 펴내고자 하는 욕구'를 말한다.

글쓰기는 그때그때의 관심사나 요청에 의해 쓰는 것이지만 책쓰기는 관통하는 하나의 주제에 걸맞은 수십 편의 작은 주제를 만들고 그것들을 책의 컨셉에 맞게 써내는 보다 심도 높은 지적활동이다. 책쓰기는 상업적인 성과를 염두에 두고 시작하는 일인 만큼 단발적인 글쓰기에 비해 훨씬 부담스럽다. 그만큼 접근성이 쉽지 않다. 그런데도 많은 사람들이 책쓰기에 대한 욕구에 시달리는 이유는 뭘까.

『원고지 10장을 쓰는 힘』 사이토 다카시는 "우리 일상은 방치하면 엔트로피라는 무질서 상태가 심화되어 점점 더 지루하고 무의미해진다. 글을 쓴다는 것은 이러한 일상 속에서 어떤 의미를 창출해가는 작업"이라며 답을 들려준다. 이 책을 읽고 있는 당신도 그라포마니아다. 그렇지 않다면 이 책을 사서 읽을 리 없다. 하지만 그라포마니아라 해도 책쓰기를 하며 겪는 고통은 다르지 않다. 좋아서 하는 일이지만 책 쓰는 일 또한 훈련의 산물이기 때문이다.

국내의 대표적인 그라포마니아인 공병호 씨는 최근 펴낸 『10년 법칙』에서 '작가로서의 능력은 그야말로 연습의 산물' 이라고 단호하게 못 박는다. 우리들처럼 저자 또한 특정한 시기에 특별히 받은 글쓰기 훈련 없이 '5년 전부터 원고지 10장 즉, 2000자를 쓰는 훈련이 오늘날 작가로서의 토대가 되었다' 고 생각하고 있다.

"특정주제를 선정하고 그 주제를 원고지 10장에 맞추어서 쓰는 작업을 수없이 반복했다. 기계적이고 단순한 반복이 아니다. 더 나은 글을 쓰기 위해서 개선방법을 찾고 그것에 맞추어서 새로운 방법을 찾아내는 일련의 과정이었다" 공병호 씨는 지금도 하루도 거르지 않고 원고지를 메우는 작업을 한다. 신문, 잡지, 책 등 어떤 형식이든지 지속적으로 글을 쓰는 작업을 하고 있다.

책을 쓰고 싶으면 먼저 읽어라

주머니에 연필이 들어있으면 언젠가는
그 연필을 쓰고 싶은 유혹에 사로잡힐 가능성이 크다.
-『왜 쓰는가?』폴 오스터-

「친절한 금자씨」의 박찬욱 감독은 남의 작품을 볼 때 자극을 가장 많이 받는다. 글쓰기든 책쓰기든 쓰려는 사람은 우선은 남의 것을 많이 읽어야 한다. 읽다 보면 몇 몇 사람의 책이 만만해보이기 시작하는데, 써야 할 때가 된 것이다. 대학시절, 나는 어떻게 하면 소설을 잘 쓸 수 있을까 그 비법을 찾아내기 위해 문인들 근처를 자주 얼씬 거렸다. 내가 다닌 경희대국문학과는 선배들이 거의 데뷔를 거친 문인이었다. 결과적으로 내가 찾아낸 비법은 두 가지다. 많이 읽고 많이 쓰라는 것! 그게 아니라, 왜 당신만의 뭔가가 있지 않느냐며, 그것을 가르쳐달라며 떼를 써보기도 했지만 선배들은 웃을 뿐이었다. 시간이 한참 흐른 지금, 나도 선배들처럼 웃는다. 그 이상의 비결이나 비법이 없음을 알게 된 것이다.

쓰려면 우선 읽어야 한다. 쓰기 위해서는 수많은 자료들을 읽어내야 한다. 그러다보면 쓰는 건지 읽는 건지 구분이 안갈 때도 있다.

지난해 휴가철 삼성경제연구소가 국내 사장님 1600명을 대상으로 독서에 관한 설문을 실시했다. 그 결과 60%가 한 달에 1~2권씩을 읽는다고. 물론 바쁘기로 들면 당신이나 나도 '사장님들' 못지않게 바쁘다. 하지만 삼성경제연구소가 주목하는 사장님들보다는 좀 덜 바쁘지 않을까? 그러는 당신은 한 달에 몇 권의 책을 읽는가. 나는 워낙 책을 좋아하는 책벌레라 한 달에도 예닐곱 권은 읽는다. 물론 처음부터 끝까지 정독하는 책은 1~2권? 나머지는 필요하다 싶은 부분을 발췌해서 읽고 읽다가 내가 원하던 책이 아니다 싶으면 가차 없이 덮어버린다. 다음은 내가 터득한 나만의 읽기 요령이다.

📖 읽어가다 내용이 '아니다' 싶으면 책을 덮어라.

📖 책을 읽고 나면 책 값 할 만한 메시지를 추려 메모하라.

📖 전체를 읽으려 하지 말고 골라 읽어라(책을 통해 저자가 말하려는 메시지는 전체 분량의 절반도 안 된다).

📖 제 3의 장소에서 읽어라. 집중이 더 잘된다.

📖 한달음에 읽어라. 그래야 내용이해가 빠르다.

📖 인용할만한 내용이나 문구는 따로 메모하라.

📖 신문읽기로 읽기를 습관화하라.

일본 가와시마 도호쿠대 미래과학기술공동연구센터 교수는 2005년 12월 『뇌를 단련하는 신문 읽는 법』이라는 책 출간했다. 이 책에 따르면 신문읽기는 일상생활에서 부담 없이 읽을 수 있어서 저항감이 훨씬 덜하며 정보 및 트렌드 포착에 최고라고 주장한다.

책 쓸 주제와 관련된 서적을 찾아 읽어라.

수많은 책을 펴내는 저술가로 유명한 일본의 다치나바 다카시는 하나의 주제로 책을 쓰기위해 그 첫 단계로 관련분야의 책을 500권 가까이 읽는다. 나 또한 100권쯤 읽는다. 당신도 쓰기 위해서는 상당량을 읽어야 할 것이다.

편식하지 말고 다양하게 읽어라.

특정 목적에 부합하는 것만을 골라 읽는 편식을 피하라. 그래야 당신이 쓰는 책의 내용이 풍성해진다. 책 읽는 재미를 부여하는 은유나 상징, 비유 등은 분야를 가리지 않는 풍부한 책읽기에서 비롯된다.

읽은 책은 잘 정리해두라.

잘 읽는 것은 쓰는 것이나 다름없다. 읽기와 쓰기는 두 가지가 아니다. 내 경우 책이 전하는 메시지를 추려 책 표지에 메모한다. 노트나 인터넷에 독서노트를 마련하여 읽은 책에 대한 정보와 관심 있는 내용이나 문장을 정리해두면 요긴하게 쓸 수 있다.

책 쓸 때
반드시 고려해야 할 것들

자신에게 필요하거나 적합한 이야기 요소를 끄집어내고 또 나름대로 연결해서
새롭고 독창적인 이야깃거리를 만들어낼 수 있는 이야기꾼이 되어야 한다.
−하우석『기획 천재가 된 홍대리』−

책쓰기는 전적으로 개인적인 경험이지만 책을 읽게 될 독자를 위해 책을
쓰는 단계에서부터 자상한 배려를 해야 한다. 다음은 최근 베스트셀러의
동향에서 뽑아낸 독자들이 좋아하는 책쓰기의 방향이다.

이야기로 들려주라

우리들은 이야기를 좋아한다. 같은 내용이라도 몸소 체험한 이야기로 들
으면 공감이 잘된다. 한국인들은 유난히 이야기에 집착한다. 헐리우드의
초대형 블록버스터를 제치고『왕의 남자』가 히트한 것도 이야기를 좋아하
는 한국 사람들에게 먹히는 이야기의 힘 덕분이다.

책도 하나의 큰 이야기이다. 주제가 되는 큰 이야기 속에 중요한 이야기
몇 가지가 있고, 그 중요한 몇 가지 이야기 아래로 또 구체적이고 세부적인
이야기가 존재한다. 조카나 친구와 무릎을 맞대고 앉아 이야기를 하는 듯

조곤조곤, 그렇게 쓰는 것이 책이다.

힘을 빼라

골프나 야구, 요가 등 단련에 있어 가장 힘든 것이 힘 빼기다. 책을 쓰는 일도 힘 빼는 일의 연속이다. 가르치려 들면 잔뜩 힘이 들어간다. 당신이 얘기하려는 주제가 아무리 교육적인 기능을 가진 것이라 해도, 기왕이면 전문적인 것이라 해도 힘을 빼고 쉽고 재미있게 써야한다.

인터넷 사이트에 펀 숍(www.funshp.co.kr)이 있다. 어른들을 위한 장난감 가게라는 타이틀이 붙은 이 사이트는 팔려고 내놓은 장난감보다 그것을 설명하는 글이 훨씬 재미있다. 같은 글을 쓰더라도 글맛 나게 쓰자.

솔직하고 생생하게

실상보다 이미지가 득세하는 시대지만 타고난 대로, 있는 그대로 보일 때가 가장 아름답다. 쓰려는 이야기가 경우에 따라 치부를 드러내야 할 때도 있다. 보기 좋은 모습만 보여주고 싶은 것이 인지상정이지만 치부를 숨기지 않고 있는 그대로 드러낼 때 독자의 감동은 극에 달한다. 솔직하게, 그리고 생생하게 쓸 줄 아는 용기는 감동 그 자체다.

디테일에 신경 써라

차이는 언제나 사소한 데서 비롯된다. 어떻게 하면 독자들이 당신의 글을 쉽게 잘 읽을 수 있을지 고민하고 쓰기에 반영하라. 독자의 수준에 맞는 단어나 문장, 예문을 사용하라. 독자들이 읽기 쉽게 문단을 나누고 소제목들을 달아주고, 중요한 내용에는 밑줄을 쳐주라.

정보는 아낌없이

실용서는 방법을 제시하는데 그치지 말고 실천적 매뉴얼까지 자세하게, 그리고 정확하게 제공해야 한다. 그러기 위해선 건성건성 큰 것만 짚는 게 아니라 사소한 부분까지도 살뜰하게 알려줘야 한다. 혼자만 간직하고 있던 남다른 비법까지도 아낌없이 공개해야 독자들에게는 실질적으로 도움이 된다. 제빵 부문의 명장 김영모 씨는 『빵굽는 CEO』에서 비법은 공개할수록 자신에게도 유익하다고 조언한다.

버터와 달걀이 풍부하게 들어가는 촉촉하고 입안에서 살살 녹는 과자인 마들렌은 80년대 초, 한 기술자가 일본에서 만드는 법을 배워와 국내에 소개했다. 마들렌이 맛있다는 소문을 듣고 다른 제과점에서도 흉내를 내 보았으나 비슷한 정도로도 맛을 낼 수가 없었다. 마들렌 제조 노하우를 배워온 기술자가 핵심적인 몇 가지 노하우를 빼놓고 기술을 전수했기 때문인데, 결과적으로 이 기술자가 구워내는 마들렌 말고는 맛을 인정하기 어려웠다. 그 결과 소비자들에게 마들렌은 계속 어필하지 못했고, 결국 마들렌은 시장에서 매장되었다. "자기만 알고 있으면 득이 될 것 같지만, 결국 모두가 공멸하는 일이다" 그의 이런 통찰은 뼈아픈 경험에서 비롯된 것이다.

내 기획작의 하나인 『고구마가 내 몸을 살린다』가 있다. 건강에 대한 일반인들의 관심이 어느 정도인가를 이 책의 어마어마한 판매량으로 가름했다. 판매량에 걸맞게 이 책이 나가고 나서 내가 다른 업무를 보기 힘들 만큼 많은 독자들이 궁금한 것을 전화로 물어왔는데, 책에서 소개한 '조경포'라는 약제를 어떻게 하면 구할 수 있는가, 만들 수 있는가, 하는 것이다. 번역자를 통해 대만에 거주하는 저자 진견진 여사에게 물어보았지만 영업상의 비밀이기 때문에 조경포 만드는 방법을 알려줄 수 없으며, 한국에서 살 수도 없다는 대답만이 돌아왔다. 독자들이 많이 아쉬워했고, 이 아쉬움을 해결하기 위해 새로운 쇄를 찍을 때 Q&A를 기획하는 등 애프터서비스에 적잖은 노력을 들여야 했다.

자신의 체험을 소재로 쓰는 책의 경우 내용전개에 필요한 것은 어떤 것이라도 낱낱이 공개할 수 있어야 한다. 그래야 독자의 공감도 크다. 다른 사람의 이목을 생각해서 감추거나 왜곡해서는 책을 쓰는 의미가 없다.

쉽게 쉽게

누가 봐도 알아보기 쉬워야 한다. 전문가 연연하지 않아야 한다. 설령 당신의 분야에 관한한 유일한 전문가로 검증 내지는 인증을 받았다 할지라도 전문적인 접근은 바람직하지 않다. 흥행메이커 강우석 감독은 12살짜리가 가뿐히 이해할 정도의 수준이면 충분하다고 했다.

전문가가 아니기 때문에 전문가처럼 어렵게 쓸 수 없다는 것은 흠이 아니라 축복이다. 아는 게 병이라고, 전문가들은 거의 대부분 어렵게 말하고 어렵게 쓴다. 아는 게 많은 전문가들은 대중이 '얼마나 모르는지를 모르기 때문에' 쉽게 쓰기가 어렵다.

잡지기자로 일하는 동안, 아무리 어려운 주제를 만나거나 '대단한' 전문가를 만나더라도 나는 기죽지 않았다. 내 기사를 읽어야 할 독자는 전문가가 아니라 일반 대중이었으니까. 그 대중의 한 사람인 내가 취재나 자료조사, 인터뷰를 통해 이해한 것을 기사로 썼기 때문에 독자들이 그것을 이해하는데 어렵지 않으리라는 믿음이 있었다.

한때 『블루오션전략』이라는 책이 비즈니스맨들의 필독서가 되어 잘 팔렸다. 하지만 남녀노소 한 권씩 사다 나른 『살아있는 동안 꼭 해야 할 49가지』만큼은 팔리지 않았다. 『블루오션전략』을 이해하거나 이해하려고 노력하는 독자의 숫자보다 살아가는 얘기를 모아놓은 쉬운 내용의 『살아있는 동안 꼭 해야 할 49가지』를 수용하는 독자의 수가 훨씬 많았다는 얘기다.

　저명한 최고 경영자 중의 한 사람인 잭 웰치는 초창기 때만 해도 명성에 어울리지 않게 금융에 관한 복잡한 용어을 이해하지 못해 시달렸다. 그래서 어려운 전문용어를 모두 보통사람들의 언어로 풀어쓴 책을 만들도록 지시했다. 어린이들도 이해하기 쉬운 그 책을 통해 잭 웰치는 재계의 어느 누구와도 어렵지 않게 대화를 나눌 수 있었다고 자신의 책 『잭 웰치─끝없는 도전과 용기』에서 말하고 있다.

첫 문장부터 무조건 써라, 지금 당장

무언가를 쓰기 시작하면 아이디어는 반드시 떠오른다.
물을 나오게 하려면 수도꼭지를 틀어야 한다.
-루이 라모어-

    숀 코너리가 주연한 영화 「파인딩 포레스토」는 연령을 초월한 두 천재작가의 이야기를 다루고 있다. 농구를 잘하는 할렘가의 자말 월러스는 남다른 재능이 하나 더 있는데, 바로 글쓰기다. 어느 날 단 한권의 책으로 퓰리처상을 받은, 그러나 30년 가까이 세상을 등지고 은둔해있는 천재작가 윌리엄 포레스터를 우연히 만나 아주 특별한 작문수업을 받게 되고 그 재능을 발휘하게 된다. 영화는 진정한 친구는 스러진 꿈을 다시 발견하고 이루게 해주는 존재라는 메시지를 전하고 있다. 영화가 시작되면서부터 끝까지 나는 극중 작가 윌리엄 포레스터의 글쓰기 훈련에 빠져들었다. 윌리엄은 말한다. "글은 생각하고 쓰는 게 아니다, 아무 생각 없이 쓰는 것이다. 아무 생각 없이 자판을 두들기다가 마침내 살아남는 단 한가지의 그 무엇에 대해 쓰면 된다"

물론 이 영화는 글쓰기 천재들의 이야기를 다룬 것이어서 당신이나 나처럼 평범한 사람들에게는 해당되지 않는 것 일수도 있다. 그러나 경험으로 보건대, 그 누구든 일단 처음을 써야 그 다음도 쓸 수 있다는 것이다.

일로든 취미로든, 쓰는 일은 그렇게 수월하지 않다. 책상에 앉아 글을 시작하는 것은 그 어떤 일보다도 어렵다. 책상에 앉는 것이 왜 그리 힘든지, 컴퓨터 파일을 열고 한 자 한 자 써가는 게 왜 그리 안 되는지, 웬 핑계가 그리 많은지 모르겠다고 '쓰는 사람' 들은 이구동성 하소연한다. 나도 핑계대기에 선수지만 마음이 내키든 안내키든, 준비가 되었든 안 되었든, 취재원이 협조를 하든 말든, 약속한 날짜에 정확하게 원고를 써내야하는 일을 십 수 년 하다 보니 '자, 쓰자' 고 컴퓨터를 켜면 억지로 억지로 한두 자 쓰게 되고 그러다보면 탄력을 받아 한 꼭지 정도는 쓴다. 그렇게 꾸역꾸역 초고를 쓰다보면 마침내 쓰기에 중독되는 시기가 온다.

쓰기 싫고 놀고 싶고 당장 컴퓨터 앞을 떠나고 싶은 유혹을 다스리며 쓰고 또 쓰다보면 중독을 부르는 호르몬이 분비된다. 달리기에서 세컨트 윈드(Second wind), 러너스 하이(runner's high)라고 불리우는 그 오르가슴과도 같은 행복감을 느끼게 된다. 이 행복감을 한 번 느끼고 나면 당신은 이제 안 쓰곤 못 배기는 사람이 되는 것이다.

초벌원고 쓰기의 원칙

"글쓰기는 예술가적인 유희가 아니다.
새벽 세시에 내게 찾아오는 영감을 나는 기다리지 않는다.
나는 아침 9시면 무슨 수를 써서라도 펜과 공책을 들고 책상에 앉아서
몇 시간씩 글감을 찾기 위해 일한다"
－『스누피의 글쓰기 완전정복』에 소개된 다니엘 스틸의 말－

도자기는 유약을 발라 잘 굽는 것으로 마무리 되지만 초벌구이 없이는 그 다음 단계도 없다. 책쓰기도 그렇다. 일단 초고를 써야한다. 그 다음 수십번, 수백번의 고쳐쓰기로 윤을 내고 가꾸는 것이 가능하다. 책쓰기에 있어 초고를 완성하는 것은 전체 공정의 30%에도 못 미치지만, 초고를 다 쓰면 그 다음은 내리막길처럼 수월하게 마무리할 수 있다.

일단 써라, 생각하지 말고 써라

미국 시애틀 근교 레드몬드에 사는 아홉 살 아도라 스비탁. 그녀는 어린 나이에도 불구하고 이미 소설 100여 편을 썼다. 지난해 아도라가 펴낸 『날아다니는 손가락』에서는 역사적 사건 등을 배경으로 삼은 300여 편의 창작과 그녀가 일찍이 터득한 글쓰기 요령을 소개하고 있는데, 이 책을 펴내면서 그녀가 밝힌 글쓰기의 비결도 이것이다. "생각을 잡아두지 말고 그냥

흘러가게 하라"

시동이 걸리면 끝장을 보라

박찬욱 감독은 미국 헐리우드 리포트지와의 인터뷰에서 "나는 줄거리를 순식간에 만든다. 일단 이야기의 윤곽이 잡히면 가능한 한 빨리 시나리오 초안을 써내려 애쓴다. 뒤에 가서 어려운 장면이 생기면 시나리오를 다시 정리할 수 있지만 어쨌든 빨리 초안을 끝내는 것이 중요하다. 「복수는 나의 것」은 단 20시간 동안에 초안을 완성했다. 다음 단계로 시나리오는 몇 달 동안 손질을 거친다"고 자신의 시나리오 작업 스타일을 소개한다. 당신도 첫 문장을 쓴 다음 그 여세를 몰아 끝장을 보듯 써야 한다. 그러노라면 크든 작든 확인해야할 것들이 나오고, 애매모호하여 헷갈리는 것도 나오고, 장애물이 수도 없이 나온다. 그럴지라도 무조건 '통과'를 외치며 써내려가라.

첫 문장을 썼으면 바로 다음 문장을 써라

첫 문장을 쓰기가 힘든 것은 그 첫 문장에 대한 집착 때문이다. 아무리 쓰기싫어도 어떻게든 첫 문장을 써놓고 나면 그 다음부터는 그 문장이 다음 문장을 만들고 또 만들고 한다. 미국의 저널리스트 조안 디디언은 말했다.

"첫 문장은 대단한 문장이 아니어도 상관없다. 흠 잡을 데가 많은 조잡한 문장이어도 좋다. 한 문장 한 문장 써라. 한 문장의 마침표를 찍기 무섭게 다음 문장을 써라"

『꼬마작가 폼비의 악당이야기』에 나오는 꼬마 폼비의 말을 들어보자.

"그래, 우선 첫 단락을 쓰는 거야. 첫 단락을 아주 재미있게 쓰면 그 다음도 재미있게 이어질 거야. 그래 바로 이거야. 첫 문장을 무진장 흥미롭게 써서 그것을 읽으면 그 다음 문장을 읽지 않고는 못 견디게 만들고, 또 두 번째 문장을 읽으면 세 번째 문장을 읽지 않을 수 없게 만들면서 계속 이어 나가면 된단 말씀이야"

2006년 노벨문학상을 수상한 작가 오르한 파무크도 '첫 문장'으로 승부를 보는 타입이다. 문학동네 2006 겨울호에 소개된 그의 산문 '작가의 일상'에 따르면 작가는 첫 문장을 가급적 빨리 써야 한다고 조언한다. 가령 그는 전날 좋은 문장이 떠올라도 쓰지 않고 두었다가 다음날 쓴다. 그래야 두 번째 세번째 문장이 절로 따라 나온다는 것이다.

뒤돌아보지 말고 쓰기만 하라

올바른 문장인가? 맞춤법은 맞나? 띄어쓰기는? 내가 알고 있는 이 게 맞나? 문장이 겹쳤네? 글 앞뒤가 안 맞잖아… 한 줄 한 줄 써내려가는 동안 당신 속에서는 별의 별 의심이 다 치밀어 오를 것이다. 이렇게 밖에 못쓰면서 무슨 책을 쓴다고, 에이, 때려치울까? 하는 두려움도 들 것이다. 무시해야 한다. 무시하고 그저 쓰기만 하라. 아무리 엉성하고 아무리 엉터리일지라도 초고는 가능한 한 빠르게 엮어내는 것이 중요하다. 도자기처럼 우선은 형태를 갖춰 초벌을 구워내고 멋을 내는 건 다음 단계의 일이다. 우선 쓴 다음 원고 다듬기–편집 작업을 통해 당신이 생각한대로 모양새를 갖추면 된다. 그렇지 않고 일일이 원고를 손보고 첨삭하고 하다가는 초고를 마치기조차 힘들다.

소설가 공지영처럼 초고는 후후룩 써라. 초고에서 가장 중요한 것은 느낌, 이른바 필(feel)이다. 자꾸 돌아보면 그 필을 유지하기 힘들다.

잘 모르거나 확실하지 않은 것은 비워두고 계속 써라

확인하여 제대로 쓰는 것이 당연하다. 그러나 초고를 쓸 때는 계속 쓰는 것이 더 중요하다. 원고를 고칠때 확인할 수 있도록 별도의 색 구분을 해두는 방법으로 표시한 다음 쓰던 문장을 계속 써라. 요컨대 계속 써나가는 것이 중요하다.

쓰고 싶은 것부터 먼저 써라

처음부터 쓰지 않아도 상관없다. 쓰고 싶은 것부터 써도 된다. 큰일에 본격적으로 매달리기에 앞서 작은 것부터 하나씩 해두면 본격적으로 작업할 때 마음의 부담이 훨씬 적다. 나 또한 잡지의 와이드기사를 쓸 때, 처음부터 끝까지 한달음에 쓰거나 순차적으로 쓰기 보다는 칼럼 단위로 나눠진 각각의 주제들에 대해 흥미로운 것부터 조금씩 써둔다.

다 쓴 초고는 일정기간 덮어두라

초고를 다 쓴 후에는 한 일주일, 되돌아보지 말고 쳐다보지도 말고 팽개쳐두라. 모든 '맛있는 것' 들은 그렇게 숙성기간을 필요로 한다. 그 숙성의 시간에 『혼불』의 다음 구절을 읽어보라.

"기다리는 것도 일이니라. 일이란 꼭 눈에 띄게 움직이는 것만이 아니지. 이런 일이 조급히 군다고 되는 일이겠는가. 반개한 꽃봉오리 억지로 피우려고 화덕을 들이대랴, 손으로 벌리랴. 순리가 있는 것을"

지금 당장 첫 문장을 써라

그리고 다음 문장을 쓰고, 또 다음 문장을 써라. 대단원의 마침표를 찍을 때까지 써라, 얼른 써라.

꾸역꾸역 써라

미국 해군대학교 경제학교수인 에이비드 핸더슨 박사는 박사학위논문을 쓸 때 진도가 잘 나가지 않아 절망한 적이 있었다. 당시 그는 꼭 학위를 따야겠고 그를 위해 꼭 논문을 제 때 써서 제출해야 했다. 절망적인 상태에서 담당교수를 찾아갔더니 교수는 그에게 하루 몇 시간씩 논문을 쓰고 싶으냐고 물었다. 다음은 『판단력 강의 101』에 소개된 그 대화다.

나 : 최소한 네 시간에서 여섯 시간 쯤이요.

교수 : 별다른 일이 없는 날 자네는 보통 몇 시간 쯤 논문을 쓰는가?

나 : 별다른 일이 없을 때는 전혀 안 씁니다.

교수: 그러면 내일 아침 당장 시작하게. 책상에 앉아 두 시간만 써보게.

나 : 두 시간요? 소용없습니다. 그런 식으로는 기한 내에 논문을 마칠 수 없어요.

교수 : 하지만 자네가 바라는 것은 상황을 개선하는 것 아닌가. 자네는 지금 논문을 전혀 쓰고 있지 않네. 2가 0보다 크다는 것쯤 자네가 알고 있겠지?

'가다가 아니 가면 아니 간 만 못하다'가 아니라, 쓰다가 말다가 해도 쓴 만큼 도움이라는 것이다.

내가 쓴 첫 번째 원고는 내가 바라는 것의 60% 수준이다.
두 번째로 쓸 때는 75~80% 수준으로 올린다.
마무리하는 단계에서는 할 수 있는 한 최선을 다하면서 90~95%가 된다.
언젠가 더 나아질 것이다
ㅡ시드필드 『시나리오워크북』ㅡ

　『들개』, 『벽오금학도』, 『장수하늘소』 등으로 유명한 작가 이외수 씨는 집
필 첫날 원고지 10장을 쓰고 나서 그 다음날 집필할 때는 앞서 쓴 10장을
다시 베껴 쓰면서 문장을 다듬고 윤문을 하고 다시 10장을 보태는 방식으
로 소설을 완성한다. 『완벽에의 충동』을 쓴 정진홍 교수는 완벽에의 충동
을 못 이겨 칼럼을 50여 번은 고쳐 쓴다. 책쓰기란, 개인적인 취향이나 성
향에 따라 습관들이기 나름이지만 아직 초보작가인 당신이 처음부터 제대
로 하겠다며 나름의 방법을 고수했다가는 끝장도 보기 힘들다. 그래서 나
는 여러 번에 걸쳐 책 쓰는 이 대부분이 그러하듯 당신도 초벌원고를 우선
완성하고, 그 후 수없이 고쳐 쓰자고 제안했다. 쓰고 고치고 쓰고 고치고…
처음 쓴 원고를 수백 번 고쳐 쓸 수 있는 자유와 기회가 얼마든지 있다는
거다. 그러니 얼마나 형편없는지 아느냐며 반문하지 말고 민망해하지도 말
고 무조건 써서 완성하라. 그래서 헤밍웨이는 "모든 글쓰기는 고쳐 쓰기"

라고 했을 것이다. 그는 『전쟁과 평화』를 8번이나 고쳐 썼다. 노벨상 수상 작인 『노인과 바다』는 200번이나 고쳤다. 윌리엄 케네디는 자신의 소설 『legs』를 여덟 번이나 고쳐 썼다. 『갈매기의 꿈』의 작가 리처드 바크는 "내 최고의 작품은 반복적으로 쓰고 다듬어서 만들어진다. 나는 글을 쓰면서 단번에 좋은 작품을 쓰려는 욕심을 버린다"고 했다.

책을 낸 사람들은 1번이든 10번이든 100번이든 고쳐 쓰고 쓰고 쓰고 쓴 사람들이다. 그러고도 부족해서 책이 나온 후에도 원고를 다듬어 개정판을 내기도 한다. 기라성 같은 정책전문가들이 모여 수없이 논의하고 설계하고 만전에 만전을 기했을 국가정책의 하나인 생애첫주택자금대출도 수차례에 걸쳐 요건이 강화되거나 바뀌거나 하여 개정판이 거듭되고 있다. 그러니 첫 작품을 쓰는 당신이 수없이 고쳐 쓰는 건 너무도 당연하다.

『문장기술』의 저자이면서 중앙일보 교열부기자로 오래 근무한 배상복 기자가 쓴 『엄마가 보는 논술』에는 다음과 같이 원고 고쳐쓰기의 기준을 설명하고 있다.

- 첨가의 원칙 : 내용이 미흡하거나 빠뜨린 부분을 보충한다.
- 삭제의 원칙 : 불필요하게 들어간 단어나 내용의 중복을 가려내 삭제 할 것.문장이 뒤얽혀 이해하기 어려운 까다로운 문장도 삭제의 원칙 에 따라 간결하고 이해하기 쉽게 고쳐쓴다.
- 재구성의 원칙 : 적절하지 못한 단락의 배열이나 단어, 구절의 위치를 바로 잡는다.

고쳐쓰기의 과정은 컴퓨터로 작업한 경우 모니터 상에서 일별하며 원고 를 고치고, 프린트하여 일일이 짚어가며 고쳐쓰고, 최종단계에서는 이미지의 넣고 빼기, 인덱스 만들어 넣기, 표지꾸미기 등 완전원고를 꾸미는 단계로 진행된다. 쓰기에 원칙이 없듯 고쳐쓰기 또한 원칙 같은 것은 없다. 제대로 썼는가를 점검하고 고치고 더 나은 버전으로 바꿀 수 있다면 방법은 중요하지 않다.

나는 기사나 칼럼, 책을 쓸 때 참고하기 위해 미리 몇 가지 고쳐쓰기 기준을 만들어두었다.

애초 설정했던 출간계획서에 근거하여 그 의도나 목적에 부합되는 내용인가.

아무리 좋은 내용, 기가 막힌 문장이라 해도 당초의 의도나 목적에 어울리지 않는 것은 과감하게 버리는 용기가 필요하다.

저자의 의도에 맞게 각각의 콘텐츠들이 유기적으로 균형감 있게 배치되어 있는가.

현미경과 광각렌즈를 번갈아 들이대며 책 내용을 꼼꼼히 검토해야 한다.

이 책을 읽은 독자들에게 어떤 변화를 줄 수 있는지, 그 기대와 요구 사항이 칼럼에 반영되어 있는가.

막연하고 모호한 내용은 독자들이 싫증을 낸다. 독자들이 책을 읽고 행동할 수 있도록 구체적으로 써라.

독자들의 눈높이에 맞게 쓰인 글인가.

특정 대상이 아닐 경우, 중학교 1학년이라면 누구나 이해할 수 있을 정도의 수준으로 써라.

📖 **글맛을 느끼며 읽을 만한가. 읽기는 편한가.**

문장을 하나하나 소리 내어 읽어보라. 막히는데 없이 잘 읽혀지면 일단은 성공이다.

📖 **책 전편에 걸쳐 오류는 없는가.**

내용의 적합성, 아이디어 배열 순서, 분량의 조절, 잘못된 문장을 꼼꼼히 바로잡는다.

📖 **내용을 일일이 살펴 바로 잡았는가.**

제목 및 소제목 달기와 빼기 등을 통해 가독성 높이기, 목차와 본문의 구성과 제목이 일치되는가, 목차페이지와 본문페이지가 일치 되는가 확인해야 한다.

📖 **문장을 교정했는가.**

원고가 넘어가는 출판사의 내부기준에 따라 다시 교정교열 되지만, 스스로 기준을 세워 원고 안에서 통일해야 한다.

문장교정에는 띄어쓰기, 부호나 단위 통일하기, 맞춤법 바로 잡기, 비문잡기, 오탈자 바로 잡기, 외래어 제대로 표기하기 등이 있다. 외래어는 가능한 우리말로 바로 잡아 주되 우리말로 바꿔 썼을 때 그 참 맛을 전달하기 어려운 단어의 경우 그냥 쓴다. 모호하고 장황한 문장은 분명하고 간결한 문장으로 바꿔준다.

📖 **사소한 것이라도 틀린 게 없는가.**

문장다듬기를 전문으로 하는 교정교열전문가들은 당연히 안다고 생각하는 것을 경계하라고 당부한다. 사전이나 한글맞춤법, 띄어쓰기 등의 표기법 사전을 옆에 두고 확인하고, 확인하고, 또 확인하라고 조언한다. 인용문의 경우 출처를 확인하고 수치나 이름, 실제 사건이나 상황 등은 사실 확인을 거쳐 확실하게 써야 한다.

스스로 고쳐쓰기를 하고 난 다음에는 주위 사람들에게 원고를 맡겨 의견을 듣고 고칠 곳은 지적해달라고 부탁한다. 이것은 객관적인 검토를 위한 것이기도 하지만, 원고를 쓴 사람이 교정을 보면 일일이 글자를 읽고서 이해하고 판단하는 것이 아니라 단어를 덩어리로 기억했다가 떠올리기 때문에 세심한 고쳐쓰기가 불가능하기 때문이다. '주례사처럼 참 잘 썼네'가 아니라 첫 독자로서 눈에 거슬리고 입에 거슬리고 마음에 거슬리는 것을 찾아내달라고 부탁해야 한다.

마침내 마침표를 찍어 세상에 던져라

어찌됐든 다시 시도하라.
다시 실패하고 실패해도 나아질 것이다.
-사무엘 베게트-

언젠가는, 끙끙대던 원고에 최후의 마침표를 찍는 순간이 온다. 돌아보고 싶지도 않은 초벌원고를 고치고 또 고치고 다듬고 또 다듬으며 공을 들이던 어느 날, 마침내 그런 순간이 오고야 마는 것이다. 그렇다면 이제 원고를 세상에 내보내야 한다. 싫든 좋든 열번을 고쳤든 백번을 고쳤든 미흡하든 만족스럽든 이제는 원고를 떠나보내야 한다.

출판사에 원고를 보내고 나면 그동안 잠재웠던 온갖 의심과 비판과 스스로에게 던지는 혹평의 목소리가 한꺼번에 쏟아지면서 당신을 볶아댈 것이다. 한 번 만 더 다듬어볼 걸 그랬나 싶고, 개운치 않던 그 부분이 치명적인 실수인 양 생각되고, 더 좋은 사례가 있었는데 게으름 피다 그냥 지나친 게 맘에 걸리고… 아무튼 아직 설익은 원고를 보냈다는 자괴감에 한동안 시달리게 된다. 수십일, 수년을 다듬고 고치고 보완한다 해도 이러한 자괴감에 자유로울 수는 없다. 당신 생각에 최선이라 생각되는 원고를 썼다 해도 그것을 모든 사람이 좋아해 줄 것이라 생각하면 오산이다. 원고는 이미 물건 너 갔다. 손에 없는 원고를 두고 끙끙대기 보다는 하늘에 결과를 맡긴다는 마음으로 그 다음 작업에 신경쓰자.

글쓰기만큼 주관적인 작업도 없다. 당신의 책을 좋아하는 사람의 숫자만큼 싫어하는 사람들이 있다. 책이 나오면 민망하리만치 호평이 들리는가 하면, 상상 이상의 혹평도 들린다. 평가 하나하나에 휘둘려서는 책을 쓴 의미가 무색해진다. 당신 손을 떠난 원고는 이미 당신의 것이 아니다. 자아가 공격받은 양 수선떨며 아파하지 않아도 된다. 폴란드 남쪽 수데티라는 시골에 사는 소설가 올가 토카르축의 설명을 들으면 세상의 비평에 심기가 사나와진 당신에게 위안이 될 것이다. 조선일보에서 주선한, 정영문 소설가와의 이메일 대담에서 그는 이렇게 말한다.

"모두가 예외 없이 지지하는 작가는 존재하지 않는다. 모두 대신 각자 라는 개념만 있을 뿐이며, 문학은 많은 도시로 쪼개진 연방국가다. 내 연방에서 글의 재료는 삶과 체험, 그 속에서 일어나는 사건이 순간적이라는 데서 오는 불안이다. 그것은 영원 속으로 사라질 뻔한 무언가를 붙잡는 행위다"

20년 넘게 TV오락프로그램에서 주인공으로 활약한 개그맨 겸 MC 이경규 씨만 해도 "성공률은 70%에 불과하며 30%의 안티는 감수해야 한다"고 말한다. 그럴진대 이제 첫 작품을 쏟아낸 당신은? 나 또한 이십년 동안 글 쓰는 일을 해왔으면서도 지금도 원고를 마감시킬 때면 긴장된다. 원고를 받아본 담당자가 가타부타 연락을 해올 때까지 원고에 대한 반응이 궁금하여 노심초사해한다.

원고를 세상에 내보내면, 하나의 객관적인 작업물로서 당신의 원고는 이제부터 많은 전문 인력들의 도움을 받게 된다. 우선 출판사의 담당에디터가 당신의 원고를 출판의도와 컨셉에 맞게 편집을 하고, 편집된 원고를 교정교열전문가에게 맡겨 바른 표현, 오탈자잡기 등으로 손을 보고, 서너 번의 수정 작업을 거쳐야 버젓한 책으로 만들어진다. 이처럼 세상의 모든 창작물은 더하고 빼고 꾸미는 작업과정을 거쳐 상품으로 포장되어 세상에 나온다. 당신 책도 마찬가지다. 평생 옆에 끼고 수백 번 수천 번을 고쳐댄다 해도 세상에 내어놓지 않은 원고는 의미가 없다. 아쉽지만, 원고를 세상에 내보내주어야 한다. 그래야 비로소 당신은 작가다. 시장의 평가가 어떠하든 그건 그들의 몫이다.

자, 마침표를 찍었거든 일단 세상에 내던져라. 칠순 피아니스트 이강숙 씨가 생애 첫 소설집을 펴내고 던진 한마디가 당신을 격려할 것이다.
"(소설집이 나와서) 좋긴 한데, 더 잘 쓸 수 있었다는 아쉬움도 있고… 하여간 계속 써야죠"

독자를 유혹하는 제목 붙이기 요령

컨셉을 잘 전달하는 제목 한 줄이
많은 돈을 들인 광고보다 더 파워를 발휘한다.
-탁정언『도대체 컨셉이 뭐야』-

　책에서 표지의 역할은 절대적이다. 표지에서 제목은 책의 전부나 다름없다. '제목장사'라고 빗대어 부를 만큼 미디어 비즈니스에서 제목의 역할은 중차대하다. 미디어의 속성상 아무리 훌륭한 내용이 담겨있어도 제목에 의해 선택되지 않으면 읽히지 못한다. 특히 책의 제목이 판매에 미치는 영향은 절대적이다. 움베르토 에코는『논문 잘 쓰는 방법』에서 훌륭한 제목은 이미 그 자체로서 훌륭한 계획이라고 했다. 나는 그의 이 말을 수도 없이 체험했다. 한 꼭지 기사든 제안서든 책이든 잘 된 기획은 제목이 저절로 나온다. 제목은 책을 살리기도 하고 죽이기도 한다. 다 죽어가던 책을 베스트셀러로 역전시키기도 한다. 21세기북스 출판사는 2002년『유 엑설런트』라는 책을 출간했다. 2만부 만이 팔렸다. 6개월 후 출판사에서는 전략적으로 제목을 바꿔달았다.『칭찬은 고래도 춤추게 한다』로 제목을 바꿔 달고 재출시한 책은 100만부 가까이 나갔다.

『고구마가 내 몸을 살린다』를 작업할 때 책의 제목이 구매를 유도하는 기능을 가지고 있다는 것을 누구보다 잘 아는 나였지만, 내용이 워낙 민감하여 '고구마 식사법이 내 몸을 살린다'로 해야 한다고 출판사와 다퉜었다. 고구마와 고구마 식사법은 전혀 다른 개념이어서 독자들의 오해를 초래하기 십상이라는 생각이 들어서였다.

당신의 원고에 꼭 맞는 책의 제목은 출판사에서 심사숙고하겠지만, 저자인 당신이 그럴듯한 제목을 붙여 원고를 넘긴다면 원고의 경쟁력은 한층 높아진다. 아쉽게도 잘 팔리는 제목, 근사한 제목을 짓는 원칙적인 방법론은 아직 없다. 책이 잘 팔리면 좋은 제목이고 그렇지 못하면 좋지 않은 제목이라는 결과론으로 밖에 말할 수 없다. 잘 팔리는 책의 제목은 다음의 공통점을 담고 있기는 하다.

무슨 책인지 단 번에 알게 하라
제목만으로 어떤 책인지 알기 쉽게 표현한다. ─『프로페셔널의 조건─어떻게 자기실현을 할 것인가』,『5백년 명문가의 자녀교육이야기』

왜 이 책을 사야하는지 이유를 제시하라
같은 종류의 다른 책과 대비하여 어떤 차별적 우위를 가지고 있는지를 구체적으로 표현한다. ─『다이어트 절대로 하지마라─마음에 말을 거는 신개념 다이어트』,『배려의 기술』

보장하고 위협하라

책을 읽지 않으면 손해를 볼 것 같은 느낌을 주거나 책을 읽음으로써 얻게 되는 혜택을 제시한다. -『지금 외로운 사람들이 꼭 알아야 할 행복한 홀로서기 비법-혼자라도 삶과 춤춰라』, 『99% 중학생이 헛공부하고 있다』

거부할 수 없는 조건을 제안하라

거부할 수 없이 매력적인 것을 대담하게 제안하고 왜 그것이 가능한지를 제안한다. -『공부가 즐거워지는 습관, 아침독서 10분』, 『공부 잘 하고 싶으면 학원부터 그만둬라』

내용에 따라 제목 다는 기술을 달리하라

언제나 답은 그 속에 있다. 당신이 쓴 내용을 다시 잘 읽어보면 그 속에서 제목이 저절로 떠오를 것이다. 그때 다음 기준으로 제목을 검토하자.

컨셉에서 뽑는다

독창성이 중요하다. 지금까지 볼 수 없던 전혀 새로운 개념을 제목으로 사용한다. -『블루오션』, 『블링크』

내용에서 뽑는다

차별화된 내용일 때 가능하다. 지금까지 나와 있는 책들에 비해 차별적 우위가 분명해야 한다. -『보라빛 소가 온다』, 『빅무』

유명인을 업고 간다

저명한 인사의 이미지를 업고 가는 제목은 독자의 눈길을 사로잡는데 그만이다. 하지만 한 유명인의 이름을 빌어 재미를 쏠쏠하게 보다 대리번역으로 밝혀지면서 사회적으로 큰 물의를 빚었던 『마시멜로 이야기』의 사례에서 보듯 이름만 빌려 썼거나, 하지도 않은 것을 했다고 하거나 하는 식의 '거짓'은 절대 하지 말자. 진정성은 책 쓰는 이가 가져야 할 제1의 덕목이다. ―『삼성전자&타이거우즈, 그 16가지 교훈』, 『굿바이 잭 웰치』, 『스티브 잡스의 창조 카리스마』

저자에게서 뽑는다

베스트셀러 저자이거나 사회적인 영향력이 큰 저자인 경우 저자이름 자체만으로도 제목이 된다. ―『알랭 드 보통의 불안』, 『마사 스튜어트의 아름다운 성공』

독자에게서 뽑는다

세분화되고 명확한 독자타깃에서 제목이 절로 나온다. ―『똑똑한 놈은 웃으면서 군대간다』, 『99% 중학생이 헛공부하고 있다』

사회적인 이슈에서 뽑는다

현재 가장 활발하게 논의되고 있는 사회적인 이슈를 겨냥해 제목을 뽑는다. ―『검색으로 세상을 바꾼 구글 스토리』, 『마흔살부터 준비해야 할 노후 대책 일곱 가지』

부제로 제목에 힘을 실어주라

제목을 잘 뽑아 독자의 눈길과 마음을 끄는데 성공했을지라도 제목만으로는 어떤 책인지 단번에 알기 힘든 경우가 있다. 이 때 부제 한 줄이 책을 사게 만드는 숨은 힘을 발휘하기도 한다.

제목 : 『끝났으니까 끝났다고 하지』
부제 : 섹스 앤더 시티 작가가 직접 쓴 이별의 기술

제목 : 『청소부 밥』
부제 : 인생의 소중한 것들을 되찾아주는 밥 아저씨와의 만남

제목의 완성도가 높더라도 부제가 붙어 제목이 더욱 강조된다.

제목 : 『B형 남자와 연애하기』
부제 : 사랑하기 힘든, 헤어지기는 더더욱 힘든

제목과 나란히 놓여 하나의 제목을 형성한다.

제목 : 『비즈니스 글쓰기의 노하우』
부제 : 성공한 CEO가 직접 말하는

책 판매에 날개를 다는 표지 카피라이팅

"저렴하고 합리적인 방법으로"라는 표현 대신,
"빠르고 쉽게, 그리고 99달러의 돈까지 절약할 수 있습니다"는 식으로 써라.
-밥 레듀-

표지는 책의 광고판이다. 제목 말고도 표지에 들어가는 광고성 카피는 많다. 책은 충동구매가 적은 상품이다. 책 소비자는(책을 사려고 하는 예비독자는) 책을 고를 때 여간 까다롭지 않다. 그러므로 표지를 구성하는 카피 하나하나 공들여 만들어야 한다.

띠지 문안 뽑기

띠지는 광고로 치면 헤드라인이나 다름없다. 표지에서 제목과 부제와 띠지는 서로 공조하여 책을 사라고 독자를 조른다.

제목에서 못 다한 책의 컨셉을 단적으로 표현한다.

제목 : 『자신의 기업을 시작하라』

부제 : 미래의 CEO가 알아야 할 시작의 기술

띠지 : 위대한 기업은 시작부터 다르다

제목 : 『블링크』

부제 : 첫 2초의 힘

띠지 : 분석하지 말고 통찰하라! 첫 2초가 모든 것을 가른다

저자의 유명세를 광고에 활용한다.

제목 : 『목적과 함께한 릭워렌』

띠지 : 전 세계 2천만 독자를 감동시킨 『목적이 이끄는 삶』의 저자

릭워렌 목사의 잘 알려지지 않은 인생 여정과 비전

제목과 부제에서 못 다한 설명을 한다.

제목 : 『탁석산의 글짓는 도서관』

부제 : 글쓰기에도 매뉴얼이 있다

띠지 : 글쓰기 이렇게 해야 한다

다른 사람의 선택을 소개하면서 책을 홍보한다.

제목 : 『개인브랜드 성공전략』

부제 : 자기계발의 시대는 갔다. 이제는 개인브랜드의 시대다. 너 자신을 브랜딩하라

띠지 : KBS 제 2 라디오에서 5개월간 절찬리에 소개된 브랜드성공학
　　　LG인화원 '개인 브랜드 성공과정'의 온라인 교재로 채택

책을 사지 않으면 안 되는 이유-협박성 멘트를 싣는다.

제목 : 『다시 당신을 사랑합니다』

부제 : 이 시대 모든 커플이 알아야 할 31가지 결혼의 진실

띠지 : 이 책을 읽기 전에 결혼하지 말라. 이 책을 덮기 전에 이혼하지 말라

뒷표지 카피

책을 구매하는 독자의 눈길을 따라가 보면 대개는 이런 순서로 흐른다.

표지 → 뒷표지 → 표지날개 → 목차 → 본문.

뒷표지의 카피는 표지를 부연 설명하는 기능을 갖는다. 책의 주제를 대표할만한 본문 문장을 발췌하여 싣거나 책 컨셉과 관련 있는 유명 인사나 전문가의 추천사, 저자의 서문 등을 싣는다. 어떤 내용이든 핵심카피를 달아 독자가 한 눈에 내용을 파악하기 쉽게 만드는 것이 중요하다.

이런 제목은 쓰지 말라

이 책을 사야겠다, 싶은 순간적인 판단을 가능하게 하는 힘 있고 자극적인 제목이 필요하지만 그럼에도 불구하고 실패하는 경우가 있다. 독자들의

미묘한 심리를 제대로 읽지 못하거나 부정적인 방법으로 관심을 유발하는 제목은 실패할 확률이 크다.

- 반사회적인 생각이나 행동을 부추기는 제목
- 너무 파격적이어서 거부감을 일으키는 제목
- 속물적인 근성이 고스란히 드러나는 제목

충분히 힘 있고 자극적이되 받아들이기에 부담스럽지 않아야 한다. 기존 가치를 단번에 전복하려는 의도가 다분한 도발적인 제목은 제목 자체로는 성공할는지 몰라도 책을 사게 하는 데는 도움이 되지 않는다. 책을 읽는 행위는 개인적이지만 책을 읽는 장소는 개인적인 공간에 한정되지 않기 때문이다. 지나치게 자극적이고 정도가 심하게 도발적인 제목의 책은 서점에서 선 채로 읽고 간다. 책을 사서 읽지는 않는다.

언젠가『결혼한 여자 혼자 떠나는 여행』이란 책을 보고 있으려니 남편이 심드렁하게 말했다. "혼자 떠나고 싶다, 이거지? 다녀와! 어디 가고 싶은데?" 괜한 소리인 줄 알면서도 책을 덮으며 관심 없는 척 했다. 십 수 년도 더 전에, 비록 여성지라고는 하나 아직 섹스문제를 다루기에 아직 조심스럽던 시절. 회사에서 주최한 행사에 참가한 주부들에게 단행본을 팔았다. 한권은 '섹스'라는 단어가 들어간 자극적인 제목의 책이었고, 한권은 단순한 육아서였다. 우리는 모두 '섹스 책'이 매우 잘 팔릴 것으로 점치고 있었다. 그런데 결과는 두 권 다 잘 팔렸다. 현장에서 책 판매를 담당한 직원의 설명인즉 육아 책으로 섹스 책을 덮어갔다는 것이다.

외국 책『아내에게 들키지 않고 바람피는 법』,『남편의 거짓말을 아는 829가지 방법』과 같은 책은 나도 물론 내용이 궁금하다. 그러나 전철에서, 집에서, 도서관에서 읽기에는 난감할 것 같다. 나의 첫 책 제목『돈이 되는 글쓰기』도 지금 다시 생각해보니 아쉬운 점이 없지 않다. '돈이 되는' 이라고 하는, 누구나 원하면서도 대놓고 원한다고 말하기는 어려운 민감한 것을 날것으로 제목자리에 앉혔으니 거부반응도 심했겠다, 싶은 후회가 이제야 드는 것이다.

제목을 뽑을 때는 부지런하라

『청개구리 두뇌습관』의 저자인 일본의 요네야마 기미히로는 의사이면서 100여권이 넘는 책을 써낸 저술가다. 그는 매번 책 제목을 뽑기 위해 제목에 대한 아이디어를 100개씩 무조건 뽑는다. 그러다 보면 처음에는 생각하지 못했던 전혀 다른 목적지에 다다르는 경우도 생기는데 이것이 이 방법의 묘미라고 그는 자랑한다. 당신도 수백 개까지 제목을 뽑아내는 극성을 떨어보자. 그래야만 그 중 하나 건질 게 있을까 말까다.

출판사에 제안하기 전 2~3가지의 안을 뽑아 지인들에게 물어보자. 블로그를 운영하고 있다면 블로그 회원들에게 의향을 물어보는 것도 방법이다. 출판사에서는 대형서점의 판매를 담당하는 북마스터들에게 몇 가지로 줄인 제목안을 보여주며 어떤 제목이 좋은지를 물어보기도 한다. 책을 사고파는 현장의 목소리라 적중률이 꽤 높다는 것이 경험해본 사람들의 생각이다. 제목을 뽑는 것도 중요하지만 가능하다면 사전 테스트를 통해 목표 독자의 눈과 마음을 움직이는 높이에서 제목이나 표지카피를 뽑는 것이 중요하다.

책 한 권 쓰려면 얼마나 원고를 써야할까

고양이는 무엇인가를 할퀴어야 하고
개는 무엇인가를 물어뜯어야 한다.
나는 글을 써야만 한다.
−제임스 엘로이−

　책 한 권 쓰려면 200자 원고지로 1500매 정도는 써야했던 시절이 있었다. 그러다 800매, 500매로 줄어들더니 최근엔 300매짜리 책도 많아졌다. 작고 가볍고 얇은 책들은 아무래도 인터넷 미디어의 영향을 받아 꼼꼼하게 내용을 읽는 대신 마우스를 움직이며 일별하는 독서행태를 반영한 기획이다. 인터넷검색이라는 만만찮은 라이벌에 대항하는 책 나름의 자구책이다. 삼성경제연구소에서 시리즈물로 기획된 『Seri 연구에세이』가 얇고 가벼운 책의 대표주자. 영역을 좁고 깊게 잡아 100쪽 내외로 원고를 받는다는 게 삼성경제연구소 측의 설명이다. 시리즈 가운데 몇 종은 2만~10만부 판매되는 베스트셀러 행렬을 이루고 있다. 인터넷이며 모바일의 영향을 받아 책도 짧은 게 통한다는 증거다.

　책의 분량은 주제에 따라 필자에 따라 다르다. 270페이지 내외의 책이라면 1300매 가량의 원고를 써야 한다. 그러나 책의 이미지를 어떻게 할 것인가에 따라 지면구성이 달라지고 지면구성에 따라 원고분량이 줄어들 수도 늘어날 수도 있다. 여기에 사진이며 일러스트, 표 등이 들어가고 제목이며 발문 등이 포함되면서 분량은 증감된다.

극장 개봉작이나 DVD, 비디오테이프에 담기는 영화도 2시간을 넘기면 반기는 곳이 없다고 한다. SK텔레콤이 조사한 것에 따르면 소비자들이 휴대전화로 집중해서 볼 수 있는 영상물의 길이는 20분에 불과하다. 위성 DMB 전용채널인 '채널블루'의 인기 프로그램들은 대부분 평균 20분 내외라고 한다. 삼성경제연구소에서 멤버십회원들에게 보내는 동영상 경제 강좌는 7분을 넘지 않도록 제작된다. '짧은 것이 미덕'인 요즘, 책도 예외는 아니다. 최근 베스트셀러에 오른 책들을 살펴보면, 두어 시간 몰두하면 읽어낼 수 있는 짧은 내용이 대부분이다. 일본에서도 고속철도 JR을 타기 전 사서 읽고, 내리면서 휴지통에 그대로 버리는 짧고 간단한 '신서'류의 책들이 잘 나간다고 한다.

길든 짧든 원고는 일차적으로는 출판사 편집자가 읽고 편집하기 편하도록 써야 하고, 궁극적으로는 책으로 나왔을 때 독자들이 읽기 편하게 써야 한다. 출판사마다 원고작성지침이란 것을 사전에 제시하기도 하는데, 일반적인 원고작성요령은 다음과 같다.

> **한글로 표기하되 필요한 경우 괄호 안에 외국어를 표기한다.**
> **특별한 경우가 아닌 한 표준말을 사용한다.**

- 원고분량은 기획의도에 준하여 정한다.
- 샘플원고를 만들어 참고하며 일관성 있게 원고를 만든다.
- 사진이나 이미지가 있으면 저작권을 밝히고 필요할 경우 설명까지. 원고를 송고할 때 뒤섞이는 일이 없도록 이미지에 일일이 번호를 매겨둔다.
- 가독성을 좋게 하기 위해서는 부호나 구두점, 약자, 외국어 등을 가능한 한 쓰지 않는 것이 좋다.
- 국립국어연구원 홈페이지를 참고로 하여 맞춤법, 띄어쓰기, 외래어 규정 등에 맞는 등의 바른 표기법에 맞춰 원고를 작성한다.

책쓰기가 쉬워지는 10가지 습관

나는 자신이 어떤 것을 할 수 있을지를 절대로 물어보지 말라는 것을 경험으로 배웠다.
대신 그것을 하고 있다고 말하고 안전벨트를 단단히 매어둔다.
곧 놀라운 일이 일어날 테니.
—줄리아 카메론 『아티스트 웨이』—

　운동을 오래 하다보면 하루라도 그냥 지나칠 수 없다고 한다. 책을 쓰는
일도 그렇게 습관들일 수 있다면 얼마나 행복할까. 분명한 것은 사람이 하
는 일은 무엇이든 습관적으로 익숙해지는 것이 가능하다. 그러니 당신도
책쓰기가 쉬워지는 습관에 길들여져 보자.

습관1 │ 쓰게끔 유혹하는 습관을 만들어라

　『도쿄타워』의 작가 가오리는 소설을 쓰기 전 꼭 목욕을 한다. 미국 프로
농구의 스타 래리 버드는 다른 선수들보다 몇 시간 전에 경기장에 나와 코
트에 흠이 있는지 점검한다. 가난한 이혼녀였던 조앤 K 롤링은 동네어귀
카페 한 구석에서 카페가 만들어내는 소음으로부터 자신을 차단함으로써
『해리포터』를 쓸 수 있었다. 헤밍웨이는 매일 아침 쓰기 위한 의식으로 연
필을 20개씩이나 깎으며 밍그적거렸다. 『다빈치 코드』의 댄 브라운은 한창

집필에 열중할 때는 새벽 4시부터 쓰기 시작하는데, 한 시간에 한 번씩 맨손체조로 혈액순환을 도왔다고 한다. 또한 하루 작업이 끝나면 테니스장에 나가 땀을 흠뻑 흘렸다고 한다.

『감각의 박물학』에 보면 대문호들의 재미난 집필습관이 소개되어 있다. 안톤 체호프는 누워야 글이 써졌고, 헤밍웨이는 한쪽 발로 서야, 쉴러는 발을 찬물에 담근 채 샴페인을 한 잔 마셔야, 빅토르 위고는 알몸으로 쓸 때, DH 로렌스는 글이 막히면 알몸으로 뽕나무에 올라갔다고 한다.

나는 약사발 같이 커다란 컵에 커피를 내려 마시며 메일을 확인하고 답을 쓰고, 내가 운영하는 온라인 카페를 돌아다니며 댓글을 쓰고 메일로 유혹하는 온라인 쇼핑몰에 가서 이것저것을 검색한 다음, 더 이상 재미난 일이 없을 때라야 파일을 연다.

요컨대 어떻게 해서든 쓸 수만 있다면 그것을 습관들여라, 그리고 써라. 당신도 당신만의 의식을 치러라. 어떤 방법이든 상관없다. 이 의식을 자동화 프로그램으로 만들어 운영하면서 하던 일을 여전히 계속하게 만드는 프로그램을 만들어 운영하라. 그러면 쓰고 싶은 마음이 생기고 그 분위기에 젖어들어 쓰게 된다.

습관2 | 쓰는 시간을 많이 확보하라

노벨상 수상작가 오르한 파무크는 1년이면 300일을 쓴다. 그는 아침을 먹고 나면 작업실로 출근하여 커피를 끓이고 전화코드를 빼며 책상에 앉는 한 날 하루 같은 의식을 치른다. 문학동네 2006년 겨울호에 소개된 글에서 그는 "스스로 만든 규율에 의해 채찍질 당하고 억지로 떼밀리고 길들이고 훈련당하면서 작가로 만들어져왔다"고 말한다. 조정래 선생은 누가 전화를 걸어도 '무조건 없다'. 물론 핸드폰도 사용하지 않는다. 작가란 혼자 들어앉아 글 쓰는 사람인데 전화기 잡고 있으면 언제 쓰느냐는 거다. 아무로 나미에를 프로듀싱한 일본 음반 프로듀서 고무로 데쓰야는 전 세계를 대상으로 일하기 때문에 국내외 어디라 할 것 없이 싸돌아다닌다. 그런 그도 말한다.

"언뜻 보기에는 열심히 돌아다니는 것 같지만 실은 스튜디오에 있는 시간이 압도적으로 많다"

나카타니 아키히로 또한 같은 생각이다. 어떻게 하여 그 많은 글을 쓰고 강연을 하는지 묻는 많은 사람들에게 건네는 대답은 짧고 간단하고 한결같다.

"컴퓨터 앞에 앉아 있는 시간이 다른 사람보다 훨씬 길다는 것"

그는 단언한다. 만약에 대지진으로 인해 엄청난 참사가 일어난다면 앞서 말한 고무로 선생은 스튜디오 안에서, 나는 사무실의 컴퓨터 앞에서 발견될 것이라고. 영국의 소설가 앤서니 트롤로프는 하루에 7페이지씩 한 주에 49페이지씩 썼다. 일본 영화계의 거대한 장인 구로자와 아키라 감독은 『감독의 길』이라는 책을 통해 이렇게 고백한다.

"하루도 빠지지 않고 한 신이라도 쓴다"

쓰고 싶든 아니든, 좀 더 과하게 표현하자면 글이 만들어지든 망가지든, 누가 권해서건 아니건, 뭔가를 써야 하는 사람들은 무조건 하고 일단 썼다. 그것도 매일 썼다. 드라마 「주몽」, 「상도」, 「허준」의 최완규 작가는 작품을 쓰는 내내 두문불출이다. 그를 찾은 기자가 답답하지 않느냐고 물었더니 이렇게 대답했다. "습관이 되어서 괜찮다" 맞다. 습관은 제2의 천성이라지 않은가. 쓸 수밖에 없도록 습관을 들이자.

출판사와 계약이 되어 있다거나, 공모에 응모하거나, 자기 자신과의 약속을 철저히 지키고 싶다거나 할 경우 일상에서 시간과 공간을 빼내어 자신을 유배시키는 것도 단기적으로 효과가 있다. 소설가 은희경 씨는 신춘문예에 응모하기 위해 두 달 간 산사로 은둔하여 당선작을 써냈다. 고시공부를 하러 절이나 고시원에 들어가듯, 필요하면 당신도 월차 휴가를 모아 노트북 끼고 잠적하라.

습관3 | 쓰다가 멈추면 다시 써라

핑계 댈 것 없다. 그저 쓰고 또 쓰면 그 뿐이다. 핑계를 댈 시간에 써라. 무조건 써라. 쌍둥이가 태어나자마자 죽고, 그 우울증에서 벗어나기 무섭게 다시 쌍둥이 엄마가 된 의사 겸 작가 앨리스 플레허티는 『하이퍼그라피아』에서 이렇게 털어놓는다.

"딸이 깨면 나는 무릎에 아이를 올려놓고 달래면서도 한편으로는 계속 컴퓨터자판을 두드렸다. 두 아이 모두 잠들면 내 침대 바로 옆에 있는 유아용 침대에 눕힌 뒤 독서등을 켜놓고 글을 썼다. 아이들을 돌보느라 바쁜 와중에 아이디어가 떠오르면 나는 아주 작은 메모지에 아주 작은 글씨로 글을 쓰고는 벽에 붙여놓았다. 그리고는 이른 아침에 일어나 쪽지들을 다시 모으곤 했다"

운동을 좋아하는 사람들은 잠시 줄을 서 있는 동안에도 몸을 풀고 임신을 한 몸으로 유모차를 끌면서도 조깅을 한다. 이것이 습관이다.

쓰는 일도 습관들일 수 있다. 당신도 써라. 잠자기 전에도 몇 자 쓰고, 점

심시간 10분을 짬 내어 쓰고, 꿈에서도 써라. 쓰지 않으면 먹고 싶지 않고 자고 싶지도 않게 습관을 들여라.

습관4 | 잘 쓰기보다 초고를 써내는 데 주력하라

지금 당신에게 필요한 것은 제대로 잘 써보겠다는 의지가 아니다. 일단 초벌원고를 마무리하는 것이다. 처음부터 완벽한 원고를 써내고 싶은 욕심이야 이해하지만 그래선 끝을 보기 힘들다. 우선『완벽한 것보다 좋은 것이 낫다』의 저자 도리스 메르틴의 경험을 들어보자.

"자기가 쓴 글이 좋은 글이며 독자들의 반응이 좋을 것이라는 보장도 없는 상태에서 자판을 두드리는 일은 용기 없는 사람은 할 수 없는 일이다. 나는 불안함이 며칠 동안 계속되면 글을 쓰고 지우고 바꿔 쓰고 쓴 글을 던져버리고 다시 처음부터 시작한다. 그렇게 해서 하루 종일 일하고도 어느 정도 완벽해 보이는 글은 겨우 2쪽 밖에 쓰지 못한다. 나는 내가 생각을 자유롭게 하면 스트레스도 훨씬 덜 받고 글도 더 많이 쓸 수 있을 것이라 생각한다. 처음에 쓴 글이 완벽하지는 않겠지만 나중에 그 글을 고치고 다듬고 또 윤을 낼 수 있으니 말이다"

누더기를 기우 듯 한 자 한 자 메워가면서 자의식 느낄 필요 없다. 뭔가 써야 하는 사람들은 다들 그렇게 하고 있다. 카메라 앞에 당당하게 서는 헐리우드 스타들도 맨 얼굴일 때는 형편없다. 그러나 막상 분장실을 나서는 그녀를 보라.

습관5 | 핑계대지 말고 그 시간에 한 자라도 써라

어제까지는 신바람 나게 잘 썼다. 컴퓨터를 끄기 싫어질 만큼 흥미롭게 썼다. 그러나 오늘 다시 쓰려면 구형 승용차처럼 시동이 제때 걸리지 않는다. 어제에 이어 오늘, 오전에 이어 오후, 원하면 그 즉시 다시 쓸 수밖에 없는 기막힌 방법이 없을까? 한동안 이 문제에 골몰했다. 그러다 찾은 방법이 원고를 쓰다가 한창 진도가 잘 나갈 때 딱 멈추고 컴퓨터 앞을 떠나는 것이다. 그러면 다음날 이어 원고를 쓸 생각에 워밍업하기가 생략되거나 줄어든다. 헤밍웨이가 주로 이 방법을 썼다는 얘기를 어디선가에서 읽고 따라 해봤는데 주효했다. 역시 대작가들은 쓰기습관에서도 도를 이룬 사람들이었다.

습관6 | 언제 어디서든 쓸 수 있도록 준비하라

작가 폴오스터는 뉴욕 자이언츠에 열광하는 소년이었다. 마침내 메이저리그 경기를 관람한 후 자신의 영웅 윌리 메이스 선수에게 다가가 사인을 요청했다. 윌리 메이스 선수가 기꺼이 그러마, 했다. 그러면서 연필을 찾았다. "연필 없니?" 폴 오스터는 연필을 구할 수 없었고 윌리 메이스선수의 사인을 받을 수 없었다. 이 일이 있은 후 폴 오스터는 언제 어떤 경우든 연필을 가지고 다닌다. 당신도 언제 어디서건 쓰고 싶은 생각이 들 때를 대비하여 연필과 메모지를 가지고 다녀라. mp3나 보이스 펜을 가지고 다니며 당신의 생각을 그때그때 녹음해두는 것도 방법이다. 얼핏 떠오른 생각을 놓치지 않기 위해 그 생각의 단초를 제공한 무언가를 디카폰으로 찍어두거나 핸드폰 메모기능을 사용하라.

습관7 | 끌리는 내용부터 써라

처음부터 끝까지 진행과정을 따라 써야 한다는 강박관념에 사로 잡혀 있으면 진이 빠지기 쉽다. 진이 빠져 겨우 메워가는 내용은 독자들의 흥미도 앗아간다. 마음이 끌리는 그 부분부터 쓰다보면 초고 만들기가 수월하다.

습관8 | 자나 깨나 당신의 주제에 빠져 살아라

당신이 무엇을 하고 있든, 의식을 하든 안하든, 당신은 그 주제와 살고 있어야 한다. 그러다보면 생각이 넘치고 넘쳐 손가락이 컴퓨터 자판 위에서 저절로 춤을 추는 경이로움을 경험하게 될 것이다.

습관9 | 집필계획을 세워 목표를 관리하라

원고를 써내려가는 스타일은 저마다 다르다. 앉은 자리에서 한달음에 쓰는 사람이 있는가하면 한 자 한 자 공을 들여 타이핑하고 그 자리에서 교정에 수정까지 하느라 진도가 더딘 사람도 있다. 그러므로 얼마나 빨리 쓸 것인가는 당신의 스타일이 말해준다. 단, 가능하면 마감시간을 정해두고 역산하여 하루에 혹은 일주일에 몇 페이지를 쓰겠다고 목표를 정한 후 쓰기에 돌입하라. 마음 내키는 대로 쓰는 것보다 덜 지치고 더 빨리 쓰기를 끝낼 수 있다.

내 경우, 원고를 넘겨야 하는 혹은 스스로 정한 원고마감일에서 역산하여 집필의 단계별로, 단계의 성격별로 기간을 나눠 쓰고 있다. 내가 사용하는 스케줄러는 다음과 같다.

집필계획서의 예

Task name	2월				3월				4월			
	1주	2주	3주	4주	1주	2주	3주	4주	1주	2주	3주	4주
착상	■											
구상		■										
구성			■									
초고쓰기								■				
2,3차 원고쓰기										■		
완전원고 만들기											■	
교, 수정											■	
파이널 체크											■	
원고 넘기기												■

누구나 겪는 쓰기 슬럼프, 이렇게 극복하라

글쓰기라는 업보가 원수같다.

-최인호-

블로그나 메일은 잘 쓰는데 책 쓰는 일엔 왜 재미가 붙지 않을까? 시동도 안 걸리고 몇 자 쓰는 둥 마는 둥 하다가 길이 막히고, 책쓰기는 왜 이렇게 어려울까? 당신만 그런 게 아니다. 쓰는 사람 모두가 그러하다.

『광고글쓰기의 아트』의 책머리에 소개된 다음 글을 읽어보자.

"글쓰기는 끝없는 번잡과 부질없는 의식의 반복이다. 마치 야구투수가 최후에 팔을 뻗어 실체 피칭모션을 하기 전에 행하는 무수한 비틀림 동작과도 같다. 종이는 딱 맞게 준비되고 타이프라이터와 펜은 제자리에 정돈되어 있어야 한다. 커피를 꼭 마시거나 아니면 입에 대지도 말아야 한다. 창문은 꼭 닫든지 활짝 열어두든지 아니면 적당히 맞춰져 있어야 한다. 의자는 알맞은 높이로 제자리에 있어야 한다. 새로 돋아난 목덜미의 우스꽝스런 반점은 침실거울에 비춰보고 꼼꼼하게 지워야 한다. 빌딩숲 창문에 옆모습이 비친 아가씨에 대해서도 꼼꼼히 뜯어보고 씹어봐야 한다. 시간이 흐르고 그래서 더 이상 뒤로 미룰 수 없는 순간이 되어서야 덧없는 의식은 끝이 난다. 글쓰기는 이렇게 시작이 되는 것이다"

책쓰기 뿐 아니라 광고 글이든 칼럼이든 글쓰기란 우선은 하기 싫다고 많은 사람들이 입을 모은다. 글쓰는 사람치고 놀기보다 쓰기가 더 좋아 쓰는 사람은 흔하지 않다. 쓰고 싶어 하는 사람은 많아도 쓰기를 즐기는 사람은 많지 않다. 오죽하면 '작가의 벽(writre's block)'이라는 말까지 생겨났을까. 글쓰는 일을 하는 사람들에게 일어나는 슬럼프를 뜻하면서 창작 분야 연구의 대상이 되어 왔다.

누구나 무슨 일에나 슬럼프는 있기 마련이다. 특히 긴가민가하며 하는, 확신 없이 책쓰기에 시간과 열정을 투자하고 있는 당신이라면 슬럼프와 매일 씨름할 것이다. 문제가 있는 곳에 해결책도 같이 존재하는 법. 『하이퍼그라피아』의 작가 앨리스 플래허티가 제시하는 그 슬럼프의 원인부터 눈여겨보자.

- 당신이 집중할 수 있는 시간대에 책을 쓰고 있는가.
- 당이 집중하여 집필을 할 수 있는 최소한의 환경인가.
- 잘 할 수 있을까, 하는 두려움에 사로잡혀 있는 게 아닌가.
- 몸의 컨디션이 비교적 좋은가. 글쓰기는 고도의 지적활동으로 체력이 뒷받침되지 않으면 오래 계속하기 쉽지 않다.
- 계절적으로나 생리적으로 호르몬에 이상이 있는 것은 아닌가.

원인을 포착하고 분석한 결과 앨리스 플래허티는 해결방안까지도 제시하고 있다.

- 책이 출간되었을 때를 상상하며 이를 시각화하라.
- 창의적인 사고를 촉진하는 방법을 배워라, 가령 왼쪽 콧구멍을 막으면 좌반구로 들어가는 산소를 감소시켜 창의적인 사고를 주로 하는 우반구에 산소를 증대시킴으로써 더욱 창의적인 사고를 할 수 있다고 믿고 따라하는 작가도 많다고 한다.
- 모차르트 음악을 듣는다. 뇌의 특정부위 혈액순환을 활성화함으로써 뇌파를 인위적으로 변화시킨다.

한참 잘 나가다가 글이 막히거나 꾀가 생기거나 책을 쓰는 즐거움이 반감된다면 창의력이 고갈되었기 때문인 경우가 많다. 다행스럽게도 해결방법이 있다. 수많은 작가들이 실천해 본 해결책인데다 나 역시 실천하여 효과를 본 탁월한 방법이다.

첫째, 컴퓨터 앞을 떠나라

당신에게 며칠 휴가를 주라. 대신 휴가를 맘껏 즐겨야 한다. 해야 하는 일을 두고 게으름 피고 있는 것과 휴가를 받아 쉬고 있는 것과는 차이가 크다. 죄의식이나 부담감, 두려움도 내려놓고 즐겨라. 책쓰기와 전혀 상관없는 일일수록 회복력이 크다. 영화 「쏘우」의 시나리오 작가 리 워넬은 글이 잘 안 써질 때 산책을 하거나 야외에 나가 머릿속 생각들을 정리하고 맑게 한 다음 다시 쓰기를 계속한다. 마크 트웨인은 『톰 소여의 모험』을 쓸 때 글이 잘 나가지 않자 원고를 2년이나 방치했다.

둘째, 당연하다고 달래라

불안해하지 말라. 무슨 일에건 장애나 망설임이 있기 마련 아닌가. 듣기 좋은 꽃노래도 몇 번 거푸 들으면 싫다고 했다. 그러니 책 쓰는 일에도 그런 슬럼프가 얼마나 당연한가 말이다.

셋째, 견뎌내라

뭐니뭐니 해도 책쓰기는 인내력 싸움이다. 책상 앞을 떠나지 않으면 안 되는 수많은 이유에도 불구하고 밍그적거리며 참아가며 글을 쓰는 것! 민족작가 조정래 선생은 안 써지면 기어코 다 쓸 때까지 쓰고서야 펜을 놓는다. "마치 마부처럼 채찍으로 닦달 하며 쓴다"는 고백을 육성으로 들은 적이 있다.

자기계발서를 주로 쓰는 전업작가 겸 트레이너인 독일의 보리스 폰 슈메르체크는『지금이라도 네 삶을 흔들어라』를 통해 자신의 천직을 발견하고 작가가 될 수 있었던 비결은 '견뎌내는 것'이었다고 이야기 한다. 보리스는 글쓰기에 재능이 있다는 것을 알고 책을 써내기로 결심했지만 그 무렵 그에게는 글쓰기나 책쓰기에 대한 경험이 전혀 없었다. 그럼에도 그냥 쓰기 시작했다. 경험도 없이 새로운 분야에 도전한다는 것이 남들의 웃음거리가 될까봐 아무도 모르게 썼다. 3주 안에 쓰리라고 기염을 토하던 원고는 2년 만에 완성되었다. 낮에는 은행원으로 일하고 저녁엔 몇 장의 원고를 썼다. 오로지 필요한 것은 인내심뿐이었다. '왜 내가 이 일을 해야 하지? 무슨 대가가 있지?' 수많은 회의와 번민이 교차했다. 그의 표현대로 천당과 지옥을 오갔다. 그러나 그는 견뎌냈고 작가로서 인정받을 수 있었다.

영화 「올드보이」의 박찬욱 감독도 자신의 경험담을 들려준다. 그는 무명시절을 견디는 동안 여러 매체에 칼럼을 썼는데 그 역시 쓰는 일이 즐겁지 않았다. 그러나 써야했으므로 그는 자신을 속이는 방법을 썼다. 『박찬욱의 몽타주』에 소개한 그 방법은 다음과 같다.

"마치 내가 스스로 쓰고 싶어 안달이 나서 쓰듯이 썼다. 그래야 즐거울 수 있으니까. 즐거워야 빨리 끝나니까. 빨리 끝내야 내 시나리오를 쓸 수 있으니까. 그런 맘으로 쓰다보면 정말 그렇게 되곤 했다"

당신도 견뎌내기만 하면 된다. 포기하지 않으면 할 수 있다. 기성작가들도 쓰기가 재미없어 수도 없이 포기하고 다시 쓰고 한다하니 한편으론 다행이다.

넷째, 그래도 써라

영화 「도쿄타워」에 나온 명구절의 하나. "장애가 없으면 연애가 아니다" 마음먹은 대로 누구나 써낼 수 있다면, 당신의 책쓰기는 전기밥솥에 밥하는 정도로 가치가 축소될지 모른다.

억지로 쓰다보면 마침내 쓰게 된다. 정말 그렇다. 나도 늘 억지로 쓴다. 억지로 초고를 쓴 다음 두 번이고 세 번이고 시간이 허락하는 한 원고를 고쳐 쓴다.

미루기를 조장하는 절대미신 5가지

1 썼다하면 끝장을 봐야 한다

"쓰다가 안 쓰면 아니 쓴 만 못하다"

천만에! 쓴 만큼 이익이다. 한계효용이라는 경제학이론도 있다. 쓰다 말다 하더라도 일단 써라.

2 꾸준히 써야 한다

꾸준히 쓰는 것 못잖게 중요한 것이 단 한 줄이라도 쓰고 싶은 마음이 생길 때를 놓치지 않는 것이다.

3 쓸 기분이 아니다

입맛이 없으면 밥맛으로라도 먹으라 했다. 쓸 기분이 아니면 기분으로 쓰지 말고 그냥 써라.

4 중요한 것부터 먼저 해야 한다

하고 싶은 것부터 해라. 결국은 중요한 것까지 다 하게 된다.

5 이렇게 대충 써서 되겠어?

일단 쓰면 그 다음부터는 손가락이 알아서 쓴다.

비행기가 활주로를 내달리다 극적으로 날아오르는 것처럼, 성적이 빠르게 오르지는 않더라도 꾸준히 기초를 쌓으면 후에 놀라운 성적향상이 나타나는 것처럼 책쓰기도 그렇다. 이게 책이 될까 싶을 만큼 엉망이더라도 쓰고 있기만 하다면 끝나는 날이 온다. 요컨대 시작하라. 시도만 말고. 자, 엔진을 걸어라!

처음부터 끝까지
술술 읽히는 책을 쓰려면

책상 앞에 머무를 것, 다른 일에는 연연해하지 말 것.
-필립 로스-

읽기 좋은 책과 내용이 좋은 책은 별개다. 아니, 엄격하게 말해 읽히지 않는 책은 내용을 떠나 좋은 책이 아니라고 확신하는 편이다. 책은 '읽어야' 하지만, 요즘엔 책을 '본다'. 책을 읽기 시작해서 끝장을 볼 때까지 손에서 놓지 않게 만드는 비결은 없을까? 우선은 읽기 쉽고 이해하기 편한 문장으로 써야 한다. 좋은 문장을 쓰는 방법은 책 한 권을 다 할애해도 부족하다. 여기서는 좋은 문장을 쓰려는 노력들에 대해 알아본다.

무조건 많이 써보기

운동처럼 쓰는 요령도 무조건 많이 써보는 외에는 방법이 없다. 무조건 많이 써라. 나는 무조건 많이 쓰기 위해 인터넷 칼럼을 몇 군데 연재하고, 청탁원고를 절대 거절하지 않고, 온라인 카페도 몇 군데 열어 자주 글을 올린다. 그 결과 많은 글을 쓰고 있다. 온라인 칼럼은 보수도 없이 쓰지만 연재칼럼이라 글에 대한 감각을 유지하고 글쓰기에 대한 두려움을 삭히는데 큰 도움이 된다.

문자메시지처럼 간결하게

문자메시지로 소통하고 댓글로 표현하는 요즘, 한 눈에 읽히는 길이의 문장은 50~60자가 적당하다. 아무리 긴 글도 200자 원고지의 2줄을 넘기지 않게 하라. 문자메시지를 보내듯 간결하게 써라. 단어나 구절이 반복되는 중언부언을 피하라. 없어도 되는 군더더기라면 과감하게 삭제하라.

처음부터 제대로 쓰기

일단 초고를 쓰는 것이 중요하긴 하지만 기왕이면 처음부터 제대로 쓸 수 있다면 금상첨화다. 신문이나 인터넷이나 할 것 없이 바른 글쓰기에 대한 짧은 글들이 많다. 볼 때마다 내 것으로 만들어두면 완벽에 가까운 문장을 구사하는데 크게 도움이 된다. 사소하다고 가볍게 보지 말 것. 조사나 접속사, 지시대명사, 현학적인 단어, 문장부호를 남발하지도 말 것!

정확하게

'매우', '무척', '꽤' 같은 막연한 의미의 부사보다는 숫자를 사용하여 구체적으로 표현하라. 가령 '많은 학생들이 숙제를 해오지 않았다' 보다는, '학생의 90%가 숙제를 해오지 않았다' 또는 '학생의 십중팔구는 숙제를 해오지 않았다' 로 표현하라.

표준어를 쓰자

사투리를 쓰는 사람은 글에서도 사투리가 툭툭 튀어나온다. 그러나 책을 쓸 때는 표준어를 기본으로 써야 한다. 사투리나 상투적인 표현 등은 꼭 필요한 경우가 아니면 쓰지 않는 것이 원칙이다. 입에 익은 외국어나 문장도 꼭 필요한 만큼만 외국어 표기법에 따라 정확하게 쓰는 습관을 들이는 것이 좋다.

은유와 상징은 적절하게

비유는 책을 끌고 가는 큰 힘이지만 남발하는 경우 빛이 바래고 지루해진다. 적절하게 꼭 필요할 때만 쓴다. 은유와 상징이 많아지면 술술 읽히지 않는다. 당신이 쓴 글을 소리 내어 읽어보자. 막힘이 없이 술술 잘 읽혀진다면 은유와 상징을 적절하게 사용했다는 증거다.

'읽기' 아니고 '보기'

이제 글은 읽히는 것이 아니라 보는 것이다. 한 눈에 보기 좋게, 읽히기 쉽게 쓰자. 단락 나누기. 제목 달기, 사진설명 달기 등 순간적으로 찍힌 사진을 보듯 쓰자.

잘 쓴 글 베껴 쓰기

전후 문맥을 살려 베껴 쓰다 보면 글쓴이의 감각을 배울 수 있다. 참 신기한 것은 베껴 쓰는 연습을 한다고 해서 그대로 내 것이 되지는 않는다는 것이다. 베껴 쓰면서 배운 감각이 내 감각과 어울려 새로운 감각으로 재탄생하는 신비를 경험하게 된다.

언젠가는 꼭 한 번 쓰겠다는
당신이라면

준비는 그쯤 해두고 시작해야 한다.
-트와일리 타프 『창조적 습관』-

지금 당장은 아니더라도 언젠가 꼭 한 번은 쓸 것이라고 벼르는 당신에게 권할 것이 많다. 일단 시작하고 생각하는 추진력만큼 중요한 것이 차분히 준비한 후 시작하는 전략적인 마인드이기 때문이다.

세상 읽는 버릇을 들이자

언젠가, 당신의 이름으로 된 버젓한 책 한권을 써보려면 우선 세상 읽는 버릇부터 들이자. 세상을 읽는 사람들은 세상이 요구하는 것들을 노래로, 글로, 춤으로, 그림으로, 영상으로 표현한다.

세상을 읽는 방법은 개개인의 성향에 따라 근기에 따라 환경에 따라 천차만별이다. 어떤 사람은 영화를 통해 세상을 읽고, 어떤 사람은 책을 통해 읽고, 또 어떤 사람은 뉴스를 통해 읽기도 한다. 그러므로 당신도 당신에게 꼭 맞는 세상읽기의 방법을 찾아야 한다.

사람을 살펴라

영화 「왕의 남자」와 「라디오스타」를 쓴 시나리오작가 최석환 씨는 한국 영화 대부분이 헐리우드에서 배운 소재주의에 몰두하는 동안 사람 사는 이야기에 천착했다. 누가 그랬듯이 수많은 사람과 사람 사이에는 섬만 있는 게 아니라 많은 사람들이 듣고 싶어 하고 엿보고 싶어 하는 이야기가 있다. 다른 사람에게까지 갈 필요 없다. 바로 당신의 이야기를 살펴라.

10년 미쳐볼 거리를 찾아라

그 다음에 할 일이 딱 10년 미쳐볼만한 '거리' 찾기다. 무엇을 하든 10년, 10년이면 도가 트인다고 했다. 성공전도사 공병호 선생이 쓴 『10년 법칙』도 어느 분야에서 정통하려면 최소한 10년 정도는 몰두해야 한다는 얘기를 하고 있다. 10년 동안 몰두하고 단련하여 만들어질 당신의 '거리'는 요즘 하는 말로 당신의 핵심역량이 될 것이다.

핵심역량은 당신의 성공을 가져다줄 원천이다. 그저 잘하기만 하는 것이 아니라 같은 분야의 다른 사람에 비해 탁월하게 우월한 능력, 그 어떤 배경의 도움 없이도 당신을 살아남게 하는 능력이다. 경영학계의 거목으로 추앙받는 윤석철 서울대 경영학과 명예교수는 이 같은 능력을 '발가벗은 힘(naked strength)'이라고 표현했다. 개인과 기업이 지속적으로 성장하기 위해서 반드시 필요한, 참나무처럼 발가벗은 힘. 이 발가벗은 힘은 지위나 상황이 부여한 것이 아니라 본래적으로 갖고 있으며, 일정기간이 지난 후에도 지속적으로 유지되는 힘이며, 세상으로부터 끊임없이 러브콜을 받는 힘이다. 당신이 10년을 미쳐 길러 마땅한 힘이다.

정보플랫폼을 만들자

'거리'를 찾은 다음에는 당신만의 정보플랫폼을 만들자. 마음만 먹는다면 블로그나 카페 같은 온라인 기반의 개인미디어를 얼마든지 운영할 수 있지만 내가 추천하는 것은 당신의 홈페이지다. 블로그나 카페를 운영하는 일은 손쉽지만 전문적인 이미지로 어필하는 데는 취약하다. 당신의 '거리'에 걸맞은 도메인을 등록하고 홈페이지 이름을 걸어라. 여기에 당신의 발가벗은 힘을 부려놓아라. 콘텐츠를 쌓아가라. 이 플랫폼을 통해 메일 매거진을 발송하고 블로그를 연결하여 수많은 사람들에게 당신의 브랜드를 퍼뜨려라. 당신의 콘텐츠를 홍보하라.

글쓰기를 밥먹듯이

책을 쓸 계획이라면 글쓰기를 훈련해야 한다. 일정량을 꾸준히 써라. 공병호 선생이 권하는 대로 매일 2000자를 쓰거나, 사이토 다카시처럼 원고지 10장을 쓰거나, 카메론 디아즈가 시켜주는 대로 매일 아침 모닝페이지를 쓰거나, 하여간 꾸준히 매일 써라. 쓰되, 그냥 생각나는 대로 쓰지 말고 주제나 소재를 정해 그것에 대해 써라. 기왕이면 조간신문 독자투고란에 올릴 수 있는 글을 쓰거나 인터넷 미디어 가운데 당신의 글을 원하는 곳에 정기적으로 칼럼을 연재하라.

매일 '꾸역꾸역' 쓴 글을 매일 온라인 지식시장에 내다 팔아라. 블로그에 올리고 홈페이지에 올려 읽은 사람들의 반응을 피드백하라. 어떤 제목에 사람들이 반응하는지, 어떤 내용에 반응하는지 세심하게 살펴보라. 신문기사를 리라이팅 하거나 사설을 베껴 써보라.

메모를 습관화하라

정보와 자료를 모으고 그때그때 떠오르는 생각들을 메모하라. 당신의 '거리'를 입증하고 설명해줄 사례를 모아라. 이 모든 자료들은 당신의 글 감박스에 보관하여 숙성시켜라.

책과 늘 스킨십하라

책을 쓰고 싶은 당신이라면 책과 스킨십을 많이 해야 한다. 틈만 나면 대형서점에 가서 놀자. 맘껏 책들과 스킨십 하라. 건성으로 하지 말고 한 권 한 권 마다 눈맞춰가며 오래오래 책의 살에 몸을 비비자. 눈에 들어오는 책, 마음을 자극하는 책, 읽고 싶어 몸살 나는 책, 갖고 싶은 책, 선물하고 싶은 책, 쓰고 싶은 책을 발견하게 된다. 이건 내가 장담한다. 나도 기획이 달리거나 아이템이 소진되면 무작정 몇날며칠이고 서점에서 산다.

마음에 드는 책을 발견하면 꼭 저자서문을 읽자. 어김없이 등장하는 책쓰기의 어려움, 발상의 계기 등을 읽다보면 당신도 결심하게 된다. '뭐, 나도 쓸 만하겠네'

호기심을 좇아 책을 살펴보다가 가장 관심 없는 서가에도 일부러 들러 익숙지 않은 책들과도 만나고, 나온 지 오래되어 누렇게 변한 책들도 보다가, 인쇄 열이 채 식지도 않은 신간도 보고, 언론에 소개된 책들만 모아둔 코너도 살펴보라. 베스트셀러를 모아 꽂아놓은 서가에 가서는 내 책도 언젠간 저기에 꽂히리라, 순위는? 하고 당신의 책이 거기 꽂혀있는 것을 상상하라. 마음에 드는 책은 누가 디자인했는지, 어느 출판사의 책이 자주 손에 잡히는지, 첫 눈에 끌리는 제목은 어떤 것인지 살펴보라.

내 책, 어떤 출판사가 좋을까

두 눈 질끈 감고 당신의 원고를 세상에 던지기로 결심했다면, 본격적으로 출판사를 골라 출간을 제안해야 한다. 먼저 출판사를 고르자. 기왕이면 큰 출판사에서 책을 내고 싶은 마음이야 저자 모두가 갖는 소망이다. 그러나 출판사의 크기보다 중요한 것은 당신의 원고가 임자를 만나게 하는 것이다. 당신이 쓴 주제에 대해 전부터 생각해온 에디터(편집자) 혹은 출판사 사장은 당신의 원고를 매우 반가이 맞아줄 것이다. 반면 아무리 좋은 기획, 잘 써진 원고라 해도 평소 관심을 가져본 적이 없거나 다른 급한 건을 진행 중이라면 당신의 원고는 관심 축에도 못 들고 퇴출된다. 임자를 만난 당신의 원고는 당신을 대신하여 출판사에서 보완하고 꾸며 세상에 내보낸다.

건강서로 대만에서 출간되어 빅히트를 기록한 『자연율례』를 번역출간하기 위해 3년 전부터 조율을 했다. 이 책은 2006년 가을, 고구마가 막 출하

될 시기에 맞춰 『고구마가 내 몸을 살린다』로 출간되었는데, 출간즉시 2만 부가 거뜬하게 팔렸다. 나는 궁금했다. 이 책의 출간을 처음 제안했던, 건 강서로 대박을 내곤하던 그 큰 출판사에서 나왔더라면 어땠을까? 더 크게 성공했을까? 한 출판사 사장님이 모범답안을 건네주었다.

"인연이지요, 뭐"

임자를 잘 만나서 성공한 책들의 무용담은 언제 들어도 신난다. 나도 한 권 팔아준(?) 『16살, 네 꿈이 평생을 결정한다』는 50개 가까운 출판사에서 문전박대 당한 원고를 다산북스 김선식 대표가 발굴해 6만부 이상을 판매 했다. 굴러들어온 원고를 모질게 거절한 후 다른 출판사에서 대박이 나는 걸 입맛 다시며 지켜보는 에디터와 사장도 여럿 봤다.

당신의 기획이나 원고가 어느 출판사에서 문전박대 당하거든 이렇게 외 치면 된다. "쪽박을 면했군" 당신이 통사정하여 출판되는 책은 출판사에서 도 홀대 받고, 출판사에서 홀대받는 책은 서점에서 독자에게도 외면당하는 게 당연지사이기 때문이다. 그러니 처음 몇 곳에서 푸대접 받더라도 임자 를 만나는 그 날까지 포기하지 않는 것이 당신의 의무다. 옛말하고 살 때가 있다고, 조앤롤링도 그랬다. 뒷애기에 의하면 『해리포터』 시리즈를 출간한 문학수첩이 그 큰 대박의 행운을 놓칠 뻔했다. 독일 프랑크푸르트에서 매 년 개최되는 도서박람회에서 『해리포터』 시리즈를 접한 출판사의 직원이 자 사장의 큰 딸이 아버지에게 출간을 제안했으나 먹혀들지 않았다. 책의 성공을 짐작한 큰 딸은 시집갈 밑천 대신 책을 출간하겠다는 약속을 받고 책을 냈다고 한다. 결과는 알려진 대로 초대박!

임자를 제대로 만나려면 출판사의 성향을 파악하는 것이 중요하다. 웬만큼 자리 잡은 출판사들은 나름대로의 전문분야를 가지고 책을 출간하기 때문이다. 다음 글을 읽어보면 임자를 만나는 것이 얼마나 중요한가를 알게된다.

"~안 팔리는 책 중에 보석 같은 것도 있고 '이러니 팔릴 리 없지' 싶은 책도 있다. 무엇으로 판단할 것인가. 결국 나 자신만의 선택이 그 결과를 보상해주는 건 아닌지. 책을 고르는 여러 선택 기준이 있지만 어느 순간 가슴 한편에 '팍' 소리 나는 충동이 일어 구입하게 된 책을 보고 내 인생의 책으로 삼았다는 경우를 많이 보았다. 사람 뿐 아니라 책도 운명처럼 내 품안에 오기도 한다"

바다출판사 편집장인 강희재 씨의 말이다. 그녀의 고백처럼 편집자들도 검증된 절대원칙이 있어 원고를 고르는 것은 아니다. 그러니 당신의 원고를 운명적으로 안아 들일 '임자' 가 누구인지 지금부터 찾아나서 보자. 드라마작가 김수현 선생은 "준비하고 기다려라, 충분히 준비하고 기다리고 있으면 반드시 기회가 온다"고 덕담을 한다.

출판사에 원고 보내기

이제 원고를 보내자. 마음에 둔 출판사가 있다면 그곳에, 그렇지 않다면 당신의 원고를 출판해줄 출판사를 찾아야 한다.

우선 대형서점에 가서 당신이 쓴 원고와 비슷한 성향의 책을 서너 권 골라 판권을 들춰본다. 판권이란 책의 맨 앞이나 맨 뒤에 실린 페이지로 언제, 어느 출판사에서 누가 쓴 어떤 책이 출간되었노라고 적힌 책의 족보다. 펴낸이는 출판사 사장인 경우가 대부분이고 출판사에 따라 '책임편집' 이라는 타이틀의, 그 책을 담당한 에디터의 이름을 밝히고 있다. 출판사 사장이나 책임편집자에게 당신의 원고를 보내면 되는 것이다. 몇 군데 출판사의 정보를 리스트업해 두었다가 미리 연락하여 원고송고 의사를 전한 후 이메일 주소를 물어 메일로 보낸다. 원고를 보낸 후 수신여부를 확인하고 검토를 요청하는 메시지를 따로 보낸다. 출판사 홈페이지에서 찾아낸 웹마스터 메일로 원고를 보내는 방법은 삼가는 게 좋다.

당신의 원고는 저작권법에 의해 보호를 받는다. 그렇게 되기까지는 많은 증거물들이 필요하다. 생각 없이 원고나 기획안을 보냈다가 아이디어를 도난당했다는 에피소드는 수도 없이 많다. 사전 확보해둔 증거물이 없다면 경우에 따라 남 좋은 일만 시키는 일이 벌어지기도 한다. 그러므로 기획안이나 원고와 관련하여 출판사와 메일, 우편물을 주고받을 경우, 반드시 관계되는 자료를 확보해야 한다.

내 경험에 따르면 원고를 보낸 후 연락이 없으면 출판할 의사가 없다는 뜻이다. 정중하게 거절하면 될 것을 무소식으로 거절을 대신하는 출판사가 의외로 많다. 어떤 방법으로든 출판제안을 거절당하면 당신은 매우 의기소침할 것이다. 그러나 뒤집어 보면 아직 당신이 임자를 못 만났다는 얘기도 되므로, 운명적인 임자를 만나기 위해 더 많은 시도를 해야 한다는 신호로 받아들여라. 적절한 임자가 아닌, 대강의 관심만 가지고 책을 성공시키기란 쉽지 않다. 서던캘리포니아대학에서 창작을 가르치는 셀리 로웬코프가 다음과 같이 말하며 당신을 격려한다.

"(보낸 원고를) 거절하는 편지는 내가 작품을 보냈고 누군가는 내 작품을 읽었으며 내가 운을 시험하고 있다는 사실을 알려주는 살아있는 증거다. 그 거절편지들 덕택에 나는 내가 글을 쓴다는 사실을 알 수 있다."-『스누피의 글쓰기 완전정복』 중에서

계약하기

당신의 원고를 환영하는 임자를 만나게 되어 책을 출판하기로 결정했다면 계약을 해야 한다. 원고에 대한 권리-저작권을 가지고 있는 당신이 계약의 '갑'이 되고 당신의 원고를 출판하여 판매하는 출판사는 '을'이 된다. 대개 출판에 대한 권리는 5~8년 동안 유지된다. 이에 대한 대가인 저작권료(인세)는 원고의 상품성이나 저자의 인지도에 따라 대게 5~10%의 범위에서 지급받는다. 초판인 경우 제작부수 전체에 한해 사전에 저자와 계약한 인세요율에 따라 전액을 지불하고, 이어 거듭되는 중판은 판이 거듭될 때마다 앞서 판매한 부수대로 인세를 지급하는 것이 관행이다. 다시 말하면 초판부수가 많으면 많을수록 초판부수만큼 인세를 지급받으므로 저자에겐 유리하다. 그러나 최근 악화된 출판업계 경기로 인하여 초판을 2천부 정도를 찍는 게 예사다. 예를들어 인세 5% 조건으로 1만원짜리 책을 2천부 초판발행 한다면, 여기까지 저자에게 지급되는 인세는 10,000원×5%×2,000부=100만원. 여기에서 세금이 원천징수(갑근세, 주민세로 3.3%)된 차액이 저자에게 지급된다. 인세 조건에 따라 대게 한 권 팔릴 때마다 500원에서 1천원이 저자의 예금 계좌로 입금된다.

첫 책을 내는 초보저자는 검증이 안 된 상태이므로 출판사에서 주는 대로 받는 경우가 많다. 물론 당신의 원고가 많은 출판사들이 욕심을 내는 경

우라면 얘기가 다르다. 팔린 만큼 인세를 받는 방법 말고 원고매절이란 방법으로 원고를 넘기기도 한다. 이것은 출판사에서 원고를 일시불을 주고 사들이는 것이다. 이 경우 얼마나 찍어 얼마나 판매하든 저자에게 돌아가는 추가인세는 없다.

계약 기간 내에 저자는 다른 출판사를 통해 내용의 일부 또는 전체를 출판할 수 없다. 계약서 양식은 출판사마다 대동소이한데, 계약에 앞서 다음 사항들을 확인한 다음 날인을 하는 것이 좋다. 계약에 관한 자세한 사항은 해당 출판사로부터 정확하게 설명을 들어야 한다. 출판사에 따라 전혀 다른 계약조건을 시행하는 데도 많기 때문이다.

- 인세 및 계약금(선인세), 및 계약금 지급방법과 일자(출판사마다 인세지급기준 및 지급일자가 다양하다. 사전에 확인해두어야 나중에 뒷말이 없다)
- 원고양도일
- 서로 간 계약이 지켜지지 않을 경우의 페널티
- 2차 저작권(출판 이외의 드라마, 영화, 게임 등으로 책의 내용을 사용하는데 대한 대가)에 대한 인세규정
- 원고양도일에서 출판까지의 약정 기간

예순 살이 넘어 KFC 왕국을 건설한 커넬 샌더스 대령. 회사 창립 후 프랜차이즈 1곳을 계약하기 까지 무려 1008번의 거절을 당했다.

차라리 당신의 책이 출간되려면 원고 거절당하기라는 코스를 반드시 거

쳐야 하는 것쯤으로 알아두자. 거절에 거절, 눈물어린 퇴고, 또 거절, 마침내 출간, 안타 혹은 홈런… 이런 비하인드스토리 하나쯤 품고 있어야 저자로서의 브랜드도 숙성되지 않겠는가.

안톤 체호프의 작가에게 고함

범우사에서 출간한 안톤 체호프 선집 제1권 『개와 인간의 대화』에는 작가가 자신의 경험을 토대로 작가지망생들에게 들려주는 몇 가지 지침이 소개되어 있다. 다음 글을 읽게 되면 당신의 자신감이 훨씬 고양될 것이다. 짚신도 짝이 있다지 않는가.

"작가가 되는 것은 그리 어렵지 않다. 짚신도 짝이 있듯이 아무리 형편없는 작품도 읽는 사람이 있다. 그러므로 두려워 말라. 자기 앞에다 종이를 한 장 갖다 놓으라, 손에 펜을 쥐어라, 그리고 포착된 영감을 자극하라. 마구 써 갈겨라. 쓰고 싶은 것을 마구 써대라. 예를 들면 말린 서양 자두에 관해서, 날씨에 대해서, 고보로프 끄바스(고보로프 공장에서 나오는 끄바스. 고보로프는 공장 명칭이다. 끄바스는 곡류와 엿기름으로 만든 무알코올성 청량음료로서 러시아 사람들이 즐겨 마셨음), 태평양에 관해서, 시계바늘에 대해, 지난해의 눈(즉, 한참 지나간 일, 쓸모없게 된 일)에 관해서…… 막 쓰고 나서 원고를 손에 들어라.

그리고 혈관에 고동치는 숭고한 전율을 느끼며 편집자에게 가라. 현관에서 덧신을 벗고 이렇게 문의하라. "편집자 선생님, 여기 계신가요?" 편집부의 사원(寺院)으로 들어가라. 그리고 희망에 가득 차서 자신의 작품을 건네주라…… 이 일을 마친 뒤 일주일간은 집안 소파에 누워 아무 것도 하지 말고 쉬어라. 그리고 즐거운 공상으로 자신을 즐겁게 해주라. 일주일이 지난 후에 편집자에게 가라. 가서 자신의 원고를 돌려받아라. 이후로 문턱

이 닳도록 다른 편집자들을 찾아다녀야 한다…… 모든 편집자들에게 거절당하고, 어디서도 원고를 받아주지 않을 때, 자신의 작품을 독자적으로 출판하라. 독자는 반드시 찾을 수 있을 것이다.

책쓰기의 마지막 관문, 자신을 넘어서는 법

만일 마음속으로 넌 화가가 아냐, 라고 말하고 있다면
모든 수단을 다해서 그림을 그려라, 그러면 그 소리는 잠잠해질 것이며
오직 작업을 통해서만 그렇게 될 것이다.
-『예술가여 무엇이 두려운가』-

　.

　책을 써보겠다고 벼르는 사람들 중에는 자신이 책을 쓰면 베스트셀러는 따 논 당상이라고, 그럴 수밖에 없는 이유가 있다며 설명을 늘어놓는 이가 적지 않다. 그는 아직 책을 써 본 적이 없고 시작도 하지 않았다. 그런 얘기를 들을 때마다 나는 웃으며 한마디 거든다.

　"그냥 쓰고 싶은 걸 쓰세요. 그러다 보면 베스트셀러도 나오고 스테디셀러도 나오겠죠"

　그런가 하면 쓰기도 전에 걱정부터 늘어놓는 사람도 많다. 먹고 살기도 힘든데 책을 언제 쓰냐, 아무나 쓴다고 책이 되겠느냐는 거다. 그는 쓰기를 시작하는 대신 '쓸 수 없는, 써서는 안 되는' 이유에 대해서만 내내 생각한다.

　이 책을 쓰는 동안 나도 내내 힘들었다. 신출내기로 데뷔 첫 해에 뜻밖의 성공을 거둔 운동선수들이 겪는다는 '2년 차 징크스'가 내게도 발동했는지 긴가민가하며 원고를 썼다. 남의 책을 잘 만든다고 제 책까지 잘 쓴다는 보장 없는 법이고, 오히려 대장장이네 집에 변변한 칼 하나 없는 법인데, 세상을 바꿔 놓은 베스트셀러를 써 본 경험도 없으면서 책쓰기에 대해 잘 쓸 수 있을까. 출판사 에디터들이 내 책을 보고 "너나 잘 하세요" 하면 어쩌지? 방정맞은 상상과 회의는 한도 끝도 없이 이어졌다. 그럴 때마다 전에 읽었던 책들 『예술가여 무엇이 두려운가!』, 『아티스트 웨이』, 『창조적 습관』을 다시 찾아 읽었다. 이러한 책들은 한결 같은 메시지-그저 계속 쓰기나 하세요-를 한결 같은 목소리로 들려주었다.

첫 책을 쓸 때는 내내 흥분되고 즐거웠다. 돌이켜 생각해보니 첫 책을 쓸 때는 첫 책이라 더 많은 고민을 했을 것 같다. 그중에서 아직도 기억에 뚜렷한 것은 "나는 역시 프로듀서 체질이지, 춤추고 노래하는 아티스트 타입은 아니다"라고, 그러므로 책을 잘 못쓴다고 해서 자책할 것은 아니라며 궁시렁대던 기억이다. "내가 다시는 책을 쓴다고 나서면 사람이 아니다"고까지 궁얼댔었다. 당신도 그때의 나와 다르지 않을 것이다. 당신이라면 더욱 더 할지도 모른다. 당신이 고민하는 내용은 다음 중의 하나일 것 같다.

내가 뭘 할 수 있을까. 나는 전문작가도 아닌데

책을 쓰는 일은 의사나 변호사처럼 국가고시에 합격하여 자격증을 얻어야만 가능한 것은 아니다. 당신이 쓰고 싶다면 그게 바로 써도 된다는 허락이다. 10만부나 판매된 『행복한 고물상』의 작가 이철환 씨는 우울증과 이명에 오랫동안 시달려온 자신에게 희망을 주기 위해 책을 쓰기 시작했다. 자신의 어린시절 이야기가 하루하루 애쓰며 살아가는 사람의 손을 따뜻하게 잡아 주리라 믿었을 뿐이다.

『부자아빠 가난한 아빠』의 작가 로버트 기요사키는 말한다.

"능력이 안돼, 라고 말하는 순간, 우리의 마인드는 전원이 꺼지고 깊은 잠에 빠지게 된다. 스스로 어떻게 그것을 내 것으로 만들까를 고민하기 시작하면 우리가 가진 최대의 자신인 마인드가 깨어나고 활동하게 된다"

틀림없다. 말은 예언이다. 생각은 말을 부르고 말은 행동을 부른다. 당신도 할 수 있다고, 하고 싶다고, 이미 하고 있다고 혼잣말을 남발하며 시작하라.

남들처럼 집에서며 일터에서며 이삼중으로 바쁜 당신. 그럼에도 불구하고 내 이름으로 된 책 한권 써보겠다고 결심하고 자료를 모으고 기획하면서 여기까지 왔다. 다른 사람들이 퇴근 후 스트레스를 푼답시고 술집을 전전하고 일요일에 늦잠을 자는 동안에도, 당신은 책 한권 내보겠다고 컴퓨터 앞에 앉아 끙끙대고 있다. 이만큼이라도 한 당신, 당신은 이미 많은 걸 했다.

내 책을 출판사에서 받아줄까

세상에 널린 게 책인데 내 책을 누가 출판해줄까? 『내 영혼을 위한 닭고기 수프』라는 책을 써낸 유명작가 마크 빅터 한센과 잭 캔필드는 많은 원고를 썼지만 처음부터 밀리언셀러 작가였던 것은 아니다. 그렇게 되리라는 보장도 없었다. 그러나 그들은 다만 썼다. 쓰지 않을 수 있는 수많은 변명을 늘어놓는 대신 글을 쓰고 출판사를 노크하거나 자비출판하거나 했다. 출판사에 원고를 보내고 거절 편지를 받는 것이 그들의 일상이었다. 『영혼을 위한 닭고기 수프』는 131번째로 접촉한 출판사와 계약을 했다. 이 책은 전 세계 39개 언어로 총 8백만 권이나 팔렸다.

『마음 가는대로 해라』의 앤드류 매튜스는 자기계발의 내용을 다룬 첫 책의 원고를 들고 출판사를 노크했다. 그들은 입을 모아 말했다. "이 세상에 더 이상 자기계발 지침서는 필요 없다" 일년 반 동안이나 거절을 당하던 그는 사람들에게 직접 책을 알려 팔기로 했다. 마침내 그 책은 백만 권이나 팔렸는데, 그가 직접 들려주는 그 비결은 다음과 같다. "백만 권이 팔릴 때까지 백만 마일을 날아다니면서 오백 번 연설을 하고 천 번 인터뷰를 했으며 스물 세 번 짐을 잃어버렸답니다"

베스트셀러『치키타 코쿤』의 저자 베티나 플로러스는 이 책의 원고를 50군데 출판사에 보냈으나 모두 딱지를 맞았다. 그 후에 얼마나 더 원고를 보내고 거절당하고 했는지 모른다. 저자는 50번째 이후 아예 셈을 하지 않았다고 하니까. 처음부터 탄탄대로로 닦여있는 길은 없다. 길은 무턱대고 걷다보면 새로운 길을 열어준다. 그러니 포기하지 않는다면 당신이 닿고 싶어 하는 그곳에 닿을 수 있다.

내가 쓴 책이 팔리기나 할까? 괜한 시간 낭비 아닐까

한국 문단의 전설적인 브랜드인 최인호 선생도 쓰기 전에는 같은 고민을 하는가보다. 그를 인터뷰한 한 경제신문에서 이런 글을 보았다.

"내가 쓴 글이 어떻게 세상을 움직일까에 대해서는 생각하지 않는다. 오로지 작가는 쓸 뿐이다"

하루하루 쏟아지는 신간의 면면을 살펴보라. 박사급 저자가 쓴 책에서부터 14살짜리 아이가 쓴 책에 이르기까지, 숱한 내용들이 다양한 프로필의 저자들에 의해 씌어진다. 얼핏 유명한 사람의 고상한 책들만 잘 팔릴 것 같지만 대형서점 계산대 앞에 잠시 서 있어 보면 별의 별 책들이 다 팔려나가는 광경을 볼 수 있다. 누구든 자신의 수준, 즉 근기에 맞게 책을 골라 본다. 지난번엔 관심 밖의 책이 이번에 내 관심에 들었다면 그것은 내 근기의 수준이 변했기 때문이다. 그러니 당신의 책이 한 권이라도 팔릴까 염려하는 것은 미래의 독자에 대한 실례다. 그 누군가 당신의 책을 읽고서 눈이 열리고 귀가 열리는 개벽을 경험할지도 모르는 일이니까.

뒷일은 신경 쓰지 말고, 일단 쓰기로 한 이상 쓰고 보는 거다!

내 책이 베스트셀러가 될 수 있을까

물론 그러면 더없이 좋겠다. 그러나 그건 나중의 문제다. 지금은 오로지 써야 할 때. 야구선수나 골프선수들이 가장 힘들어하는 것이 바로 어깨에서 힘을 빼는 것이다. 홈런을 때려야지, 버디를 잡아야지 하는 욕심으로 어깨에 힘이 들어가기 시작하면 홈런은커녕 삼진아웃 되거나 버디는커녕 오버파를 내기 일쑤다. 책을 쓸 때도 마찬가지다. 베스트셀러가 될지 여부는 일단 책을 쓰고 난 다음의 일이고, 책을 쓰는 동안에는 가능한 한 즐거운 마음으로 쓰기나 하라.

책은 무슨, 그냥 포기해버릴까

도중에 포기할 수 있는 수많은 이유가 있음에도 불구하고 포기하지 않음으로써 뭔가를 이뤄낸 사람, 예술가란 그런 사람들이다. 작업을 지속해나가는 능력을 지닌 사람들, 다시 말해 중지하지 않는 법을 배운 사람들이다.

일을 하면서 책쓰기를 병행해야 하는 당신. 물론 힘든 것은 알겠지만 아이 우유 값이 없어 정부로부터 보조금을 받아가며 생활하던 이혼녀 조앤롤링만큼 힘들까? 조앤롤링이 『해리포터』를 써내려갈 때를 생각해보라. 얼마나 힘들고 어려웠을까. 분유값도 없이 집필실도 없이, 쓰면 잘 될 것이라는 보장도 없이. 결과론적으로 그녀가 차지했던 그 카페 모퉁이 자리는 세계적인 베스트셀러의 산실이라는 낭만으로 채워졌다.

『핑』은 기다렸다는 듯이 포기해버릴까 생각하는 당신에게 조언한다.

"내면의 소리에 따라 최상의 삶을 살고자 할 때 우리는 반드시 '위험'이라는 장애물을 넘어야 합니다. 위험은 기회를 현실로 만들어주는 필연적인 경로이기 때문입니다. 그리고 제아무리 분석하고 예측한다 해도 그 위험을 지날 때, 누구나 실패를 맛보게 됩니다. 그러나 실패가 쓰다고 그 맛을 보지 않는 다면 인생이 주는 소중한 선물을 마다하는 것과 다를 바가 없습니다. 우리는 인생의 어느 순간 반드시 실패와 좌절을 만납니다. 그러나 실패라는 나그네를 피하려고 여행 자체를 포기하는 것만큼 어리석은 일은 없습니다"

『포기하지 않으면 불가능이란 없다』의 고승덕 변호사도 말한다. "무엇이든지 목표가 중요하며 그 목표 달성을 위해 가장 중요한 것은 확신이다. 사람들은 어려운 일일수록 확신을 갖지 못한다. 사람들은 나의 삶을 보면서 머리가 좋다고 생각한다. 그러나 사실은 전혀 그렇지 않다. 다 노력의 결과다"

혼자서 잘 해낼 수 있을까

물론 그렇다. 그러나 필요하다면 당신 주위에 같은 꿈을 꾸는 사람들이 적지 않다. 인터넷 동호회를 뒤져보라. 자신은 잘 못쓰면서 남에게 훈수는 잘 두는 사람도 있기 마련이고, 전문가라 불리는 사람들은 자신만의 노하우를 잘 알려주기도 한다. 딱히 어려움을 하소연하고 동병상련의 정을 나눌 데가 없거든 내가 운영하는 온라인 포럼과 카페를 드나들며 운영자의 노하우를 아낌없이 앗아가 자신의 것으로 삼아라.

책쓰기 전 꼭 읽어야 할 책들

책쓰기가 왜 좋은지 딱 한 가지 이유를 꼽으라면 나는 망설이지 않고 더 많이, 더 제대로 배울 수 있기 때문이라고 대답하겠다. 내가 쓰려는 주제들에 대해 많은 전문가들과 책들과 경험이 나를 가르쳤지만, 책 쓰는 이로 살게끔 격려하고 위안을 준 것은 다음에 소개하는 세 권의 책이다. 이 책들은 쓰고 싶지만 막연한 부담 때문에 망설이는 당신에게 손을 내밀어 동행해 줄 것이다.

아티스트 웨이

나는 이 책을 두 권 가지고 있다. 1997년에 처음 번역되어 나온, 『아주 특별한 즐거움』이라는 책과 번역출간 된지 10주년을 기념하여 새롭게 출간된 『아티스트 웨이』가 그것이다. 1997년, 외환위기가 어깨를 짓누를 때, 나는 이 책의 페이지를 넘기며 혼자 즐기고 있었다. 내게도 아티스트가 될 자질이 있다는데, 그것을 일깨우면 내가 원하는 것을 이뤄낼 수 있다는데, 까짓 외환위기가 문제이랴 싶었다. 이 책은 모든 사람의 내면에는 창조성이 잠재되어 있다고 전제한다. 그 창조성은 불행하게도 번잡한 일상과 막연한 두려움

때문에 우리 속에서 평생 잠들어 있거나 죽어 나간다고 경고한다. 그와 동시에 내 안의 창조성을 일깨우기에 충분한 12주간의 프로그램을 제시하고 있다. 특히 이 책에서 소개하는 모닝페이지 쓰기와 아티스트 데이트는 책쓰기 훈련에 더없이 유용하다.

창조적 습관

생존하는 최고의 무용수라 칭송받는 크리에이터-안무가-트와일라 타프가 쓴 책.

이 책은 저자가 35년 이라는 시간을 들여 몸소 터득한 창조성의 생태에 대해 독자와 나누는 이야기다. 백지 상태에서 시작을 주저하는 사람들의 두려움을 없애주고 새로운 가능성에 마음을 열게 하는 서른 가지 이상의 방법들이 소개되어 있어 따라하는 데 그만이다. 신출내기든 베테랑이든 누구나 당장 활용할 수 있고 따라 할 수 있는 다양한 방법들이 조곤조곤 설명되어 있다. 일련의 꾸준한 규칙과 연습은 화가든 음악가든 무용수든 영화감독이든 또 새로운 계약을 따내야 하는 사업가든 정치인이든, 스스로 창의력이 부족하다고 느끼는 사람들에게 아이디어를 만들어내고 실행할 수 있는 시스템을 안겨준다. 모차르트처럼 천재성을 타고 나지 않았으므로 책쓰기가 어려울 것이라며 지레 포기하고 싶은 당신이라면 이 책을 통해 모차르트가 실은 연습벌레였고 아주 지독한 노력파였음을 알아야 한다.

다산선생 지식경영법

이 책을 읽어야 하는 이유는 다산선생이 전라남도 강진이란 곳에서 18년 동안 유배생활을 하며 무려 500여권의 책을 지었기 때문이다. 저자가 밝히듯 18년 동안 베껴 쓴다 해도 500권은 터무니없이 많은 분량이다. 18년 동안 500권이면 1년에 28권 꼴. 1개월에 두 권 씩을 썼다는 계산이 나온다. 그러면 다산선생은 어떤 방법으로 이 많은 책들을 써 냈을까, 하는 물음의 답이 이 책이다. 저자인 정민 교수가 짚어낸 비결의 핵심은 '정보를 필요에 따라 수집, 배열하여 체계적이고 유용한 지식으로 탈바꿈시킬 줄 안 지식경영의 힘' 이다. 저자가 추앙하는 다산선생의 위대성은 작업량이 아니라 작업방식. 이 책에서는 그 작업방식을 친절하게 배워 내 것으로 만들 수 있다.

How to market your book?

당신의 책, 이렇게 마케팅하라

마케팅의 99%는 기획이다.

-야미모토 나오토-

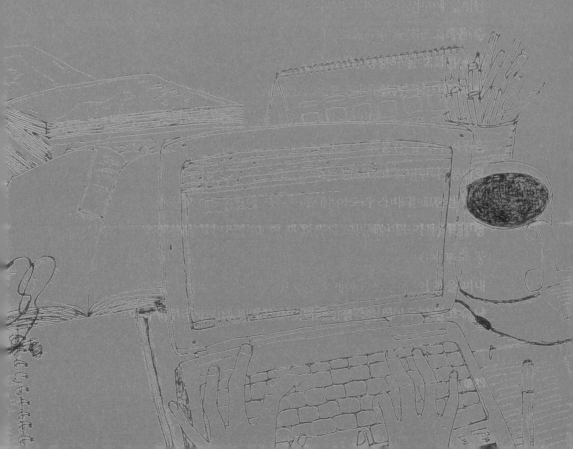

말이 많고 이유가 많은 사람은 고수가 될 수 없다.

ㅡ조용헌 『조용헌의 고수기행』ㅡ

　한동안 잘 보이지 않던 배우가 채널 돌릴 때마다 얼굴을 내밀고 있다면 십중팔구 그 배우는 자신이 출연한 영화개봉작을 홍보하고 있는 중이다. 원칙적으로 배우는 감독이 의도하는 대로 연기만 하면 된다. 그러나 영화가 흥행에 성공해야 배우로서 가치가 올라가므로 홍보에도 열심인 것이다. 당신도 마찬가지다. 책이 나오고 마케팅 단계로 넘어가면 당신은 책이 널리 알려져 많이 팔릴 수 있도록 할 수 있는 것을 다 해야 한다.

　당신 스스로 만든 기회든 출판사에서 만들어준 기회든 책을 홍보할 수 있다면 어디든 언제든 달려가라. 언론에 소개될 때는 당신이란 인물에 초점이 맞춰지는 것도 좋지만, 기왕이면 책이 한권이라도 더 팔리게 책에 대해서도 다뤄달라고 담당자에게 졸라라.

무엇이든 시도하라

재임 시보다 '전직 대통령'으로 더 사랑받는 미국의 지미 카터 전 대통령은 퇴임 후 무려 18권의 책을 펴냈다. 최근 펴낸 6권 가운데 5권이 베스트셀러에 올랐다. 베스트셀러작가로서 이처럼 맹위를 떨치는 비결은 자신의 책을 한 권이라도 더 팔기 위해서는 어떤 시도도 마다하지 않는다는 데에 있다. 이런 마케팅 마인드를 가진 작가를 출판사에서 어떻게 좋아하지 않을 수 있을까!

독자사인회를 할 때 그는 반드시 독자들과 눈을 맞추며 특유의 친화성으로 책 판매를 적극 돕는다. 『영혼을 위한 닭고기 수프』의 저자들은 131번째로 시도한 출판사에서 극적으로 책을 내게 되자 한권이라도 더 팔기 위해 전국을 돌며 책에 대한 소개를 하고, 책이 나오면 사겠다는 약속을 받아냈다. 약속도 그저 인사치레로 주고받은 것이 아니라 책을 사겠다는 약속을 담은 인쇄된 용지에 직접 서명을 받았다.

당신의 책을 몇 권이라도 더 팔고 싶은가? 그렇다면 당신이 할 수 있는 일이 무엇인가 찾아보라. 나아가 당신이 해야 할 일이라면 무슨 일이든 하라. 적극 시도하라. 당신이 잘 아는, 사돈의 팔촌의 친구가 언론에 있다면? 책과 보도자료를 보내 보도를 부탁하라. 당신의 이웃이 서점에서 일한다면 그녀에게 점심을 사고 당신 책을 많이 팔아달라고 부탁하라.

홍보에 전력투구하라

배우 차승원은 자신이 출연한 영화 홍보에 매우 적극적이다. 『국경의 남쪽』 마케팅팀에다가는 "개봉홍보를 위해 배우들이 TV쇼 프로그램에 나가서 홍보하는 뻔한 것 말고 좀 더 신선하고 유익한 방송홍보를 해보자"고 제안했고, 이에 고무 받은 영화사가 마침 새로운 프로그램을 기획하던 '일요일일요일밤에' 팀에 '차승원의 헬스클럽'이라는 코너를 제시했다. 1회 프로그램을 위해 일주일에 개인시간을 40시간이나 투자해야 했다. 배우는 자신이 출연한 영화가 흥행 대박이 나야 존재가치가 있는 법이다. 책도 마찬가지다. 기왕에 상품화되어 나온 책이라면 널리 알려지고 많이 팔려야 한다.

최근 들어 출판 비즈니스의 흥행여부는 다른 상품과 마찬가지로 언론 마케팅이 쥐고 있다. 출판사 형편이 넉넉하여 생돈을 드려 당신의 책을 광고한다면 금상첨화겠지만 대부분의 출판사들은 그만한 여력이 없다. 여유가 있는 출판사들도 책이 팔려나갈 기미가 보이거나 이미 잘 팔리고 있을 때라야 광고를 지원한다. 그러니 잘만 하면 돈 없이도 홍보가 가능한 언론노출에 기를 써야 한다.

책이 나오면 출판사에서 나름대로의 네트워크를 동원하여 언론에 홍보를 청한다. 당신도 언론사에 재직하는 사돈의 팔촌까지 찾아내 도움을 청하라. 그가 당신 책이 기사화될 수 있는 방법에 대해 언질을 줄 것이다. 당신의 책을 사볼 독자가 언제 어디서 책에 대한 소개기사를 보게 될지 모르는 일이다. 그러니 지방지든 주간지든 상관 말고 청하라. 책 소개를 담당하는 기자나 칼럼니스트들의 연락처를 확보하여 메일을 보내라. 책을 보내고 당신 책을 소개해 달라고 부탁하라. 단, 사전에 출판사와 조율해야 출판사의 홍보작업과 겹치지 않는다.

기사 아이템으로 언론을 노크하라

신문이건 방송이건 매일매일 '거리'에 궁한 미디어 담당자들은 새로 나온 책에서 기사거리를 찾는다. 새로 나온 책에 보도자료만 달랑 챙겨 보내는 것보다 책의 저자나 책의 출간이 갖는 의미 등으로 기사 아이템을 만들어 건네면 기사화될 확률이 높아진다.

서점에서는 게릴라 작전을

책을 지인들에게 선물하고 싶어 하는 저자들은 할인된 싼 값에 끌려 출판사에서 구입한다. 그러지 말고 서점에서 제값주고 책을 사서 선물하라. 한꺼번에 많은 책을 구입하려면 할인이 되는 온라인 서점에서 구입하라. 책이 많이 나가면 나갈수록 서점에서 책을 주목하게 되고, 사람들의 눈길을 많이 끌 수 있는 진열대에 진열한다. 그러면 독자의 눈에 띌 확률과 판매될 확률이 높아진다. 서점에서 당신의 책이 보이지 않으면 주인에게 물어보고 없으면 주문을, 있으면 잘 보이는 곳에 진열해달라고 부탁하라. 또 눈에 보이는 서점 마다 들러 당신의 책이 있나 물어보고 한 권 씩 사라. 저자인 당신이 사지 않으면 누가 사겠는가.

전문가에게 도움을 청하라

나는 1년 넘게 코리아인터넷닷컴이라는 사이트에 책 권하는 칼럼을 쓰고 있다. 내가 읽은 책 가운데 권하고 싶은 책을 골라 권하는 이유와 내용 등을 쓰는 칼럼이다. 가끔씩 이 칼럼 덕분에 책이 잘 나가고 있다는 반가운

연락을 받는다. 블로그의 힘으로 필자인 나도 모르는 사이에 온라인 여기 저기 날아가 씨를 뿌리고 있다는 것이다. 언론매체에는 이러한 칼럼들이 많다. 칼럼을 쓰는 기자나 칼럼니스트에게 당신의 책을 소개해 달라고 요청하라. 나도 그런 요청과 함께 보내온 책을 자주 받는다. 인지상정이라 아무래도 관심을 갖게 되고 웬만하면 읽고 소개하게 된다.

어느 매체에 어떤 칼럼이 있으며 담당자는 누구인지를 알고 싶다면 여산 통신이나 북피알미디어 등 출판사 배송 서비스를 전문으로 하는 회사의 웹 사이트에 들어가라. 그 상세 리스트를 볼 수 있다.

카페, 블로그…
저절로 소문나는 온라인 홍보

아이디어 바이러스는 인터넷과 디지털을 기반으로 유포되기 때문에
범위 자체가 한 국가를 넘어 세계시장 전체적이다.

－세스 고딘 『아이디어 바이러스』－

　주요 일간지 북섹션에 큼직하게 저자 인터뷰 기사가 실리고, 그 하단에
5단통 광고가 실리기만 한다면… 그렇기만 하다면 베스트셀러는 따 논 당
상이며 하루아침에 저명한 인사로 부각될 것이라는 기대는, 모든 책 쓰는
이들이 갖는 생각일 것이다. 그러나 아쉽게도 종이신문의 효력은 여전하지
않다. 들이는 비용대비 책 판매율은 높지 않다. 책이 하도 많이 팔려 광고
비로 세금을 일부 떨어버리려는 의도가 아닌 한 출판사에서 이 빛 좋은 개
살구에 손 댈 리 없다. 단 한 권 책을 쓴 저자인 당신은 판매와 무관하게 종
이신문에서 난리굿을 치고 싶을지 모르지만. 대신 온라인을 공략하라.
　당신이 목표한 독자가 20~30대 젊은 친구들이라면 온라인이 종이신문
보다 훨씬 효과적인 홍보매체다. 이유는 간단하다. 요즘엔 종이신문을 열
심히 보지 않기 때문이다.

『B형 남자와 연애하기』는 온라인의 덕을 한껏 본 책이다. 이참에 고백하자면 이 책을 기획한 직후부터 같은 이름의 블로그를 네이버에서 운영했다. 때문에 책이 나올 때쯤엔 이미 카페에 만 명 가까운 회원이 'B형 남자와 연애하기'에 대해 의견을 공유하고 있었다. 그만한 잠재독자를 미리 확보한 상태로 책이 출간된 것이다.

『공부기술』도 온라인의 덕을 많이 봤다. 책이 나오자마자 프리챌에 '공부기술' 커뮤니티를 만들었다. 뉴욕에서 대학을 다니는 저자와 한국에 있는 독자들이 실시간으로 커뮤니케이션을 했다. 『돈이 되는 글쓰기』도 온라인 카페를 만들어 독자들이 자신들의 글쓰기에 대해 자문을 받고 싶을 경우 언제든 드나들도록 했다.

최근 베스트셀러로 등극하여 오랫동안 팔려나간 『살아 있는 동안 꼭 해야 할 49가지』 등은 블로그마케팅으로 성공한 대표적인 사례다. 『살아 있는 동안 꼭 해야 할 49가지』는 블로그(blog.naver.com/wisdomhouse7.do)를 통해 '부모님 발 닦아 드리기 캠페인', '살아 있는 동안 꼭 해야 할 49가지 실천하고 한 가지를 더 추천하기'와 같은 이벤트를 열어 책에 대한 관심을 온오프라인 할 것 없이 드높였다. 이벤트 결과 전체 방문자 2만4천명 가운데 1천5백명이 참여하는 쾌거를 이루었다. 최근 미국에서는 '블룩(blook)'이라는 말이 뜨고 있는데, 블로그(blog)와 북(book)을 합친 조어다. 블로그에 쓴 내용을 책으로 다시 펴내는 것을 블룩이라 한다. 이라크전쟁에서 요리책에 이르기까지 다양한 블룩들이 쏟아지고 있다. 책 → 블로그, 라는 수순의 마케팅 못지않게 블로그 → 책의 수순도 책의 판매에는 큰 도움이 되고 있다. 미국 대형출판사 리틀 브라운이 프랑스 요리법 524가지를 담은 블룩 『줄리&줄리아』를 펴내 10만부를 거뜬히 팔았다. 출판사측에서는 책을 구매한 30% 독자가 블로그를 드나들던 이용자라고 추정하고 있다.

당신이 쓰고자 하는 책의 주제가 정해지면 카페나 블로그를 만들어라.

기왕이면 검색 기능이 뛰어난 포털사이트에 만들어야 검색으로 노출될 확률이 높다. 책을 기획하는 동안, 쓰는 동안, 책쓰기에 필요한 자료를 여기에 퍼다 싣는다. 한 꼭지 한 꼭지 칼럼이 완성되면 이곳에 먼저 공개한다. 책을 쓰는 동안 그렇게 공을 들이면 회원이 늘어나고 당신의 주제에 대해 공감하는 잠재독자가 늘어날 것이다. 이렇게 미리 만들어 운영한 카페나 블로그는 당신의 책이 나와 홍보하는 데 큰 기여를 한다.

이미 활성화되어 있는 만큼 책을 판촉하는 데도 그만이다. 콘텐츠가 풍성하니 새로운 회원들도 급증하는 선순환이 계속 될 것이다. 내가 기획하는 책의 저자에게 내가 우선적으로 권하는 것이 온라인 카페나 블로그 개설이다.

온라인 홍보는 이제 대세다. 영리한 당신은 당신 책의 홍보를 위해 온라인부터 먼저 후끈 달구길 바란다. 한정된 적은 예산으로 쏟아지는 책마다 광고를 해야 하는 출판사에서는 당신의 온라인 홍보 노력을 크게 환영할 것이다. 전자책 전문업체 북토피아에 종사하는 홍용준 씨의 '블로그 마케팅' 이라는 글에는 다음과 같이 성공하는 블로그마케팅 요령을 가이드한다.

"1인 미디어라는 개인적 공간인 블로그를 비즈니스 차원의 마케팅 도구로 이용하려면 우선 상업적 성격을 배제하고, 유익하고 흥미 있는 정보들로 가득한 다른 블로그와 차별화 된 공간으로의 기획이 필요하다.

책 블로그의 경우, 책의 주제 및 소재들을 이용해 새로운 콘텐츠를 만들어 블로그를 구성하고, 이를 구매와 연결시키기 위해서는 책에 대한 호기심을 유발시키는 콘텐츠가 필요하다. 블로그가 개설된 후에도 콘텐츠 업데이트 및 블로그 관리와 홍보는 지속적으로 이루어져야 하며, 운영자와 방문자 간의 친밀한 관계를 형성하도록 해야 함. 특히 책 블로그의 경우는 작가가 직접 운영하는 것이 블로그 방문 유도에 효과적일 것으로 판단된다.

이벤트 등 적절한 프로모션 진행과 다른 커뮤니티와의 연계를 통한 마케팅을 함께 실행하여 시너지 효과를 창출해야 할 것으로 판단된다"

출판사를 유혹하는
원고 포장법

놀이의 본질은 편집에 있다!

-『知의 편집공학』 마쓰오카 세이고-

"(그동안 반려시킨 원고에 대한 미안함을 표시하며) 당신들은 모두 작가였다. '작가'라는 명함을 실제로 가진 이들은 좀 더 세련된 포장방법을 알고 있다는 점 뿐, 결코 아무런 차이가 없다"

바다출판사 강희재 편집장이 일간지에 쓴 칼럼의 일부다.

책을 쓰면서 당신은 단 한 명 독자에게 당신의 이야기를 들려주는 것에 몰두했을 것이다. 이젠 그 이야기를 제 3자 즉, 출판사 쪽에 어필하도록 꾸미는 일을 해야 한다. 독자 이전에 출판사를 우선 공략해야 한다. 경우에 따라서는 본문 원고만 쓰면 출판사에서 출판에 필요한 완전원고를 꾸며주기도 하지만, 기획자이면서 저자인 당신이 완전원고를 만드는 일은 책의 완성도를 높이는 일이다. 원고를 만드는, 책을 쓰는 과정이 서 말의 구슬을 꿰는 것이었다면 원고를 포장하는 과정은 꿴 구슬을 기왕이면 다홍치마,

보기 좋게 꾸미는 것이다. 저자인 당신이 원고를 꾸미는 것은 출판사 편집자들의 원고 편집 작업과 같다.

'편집공학'이라는 개념을 주창한 일본의 지성 다쓰오카 세이고의 말을 빌자면, 원고편집이란 '애초에 설정한 책의 출간목적과 대상으로 한 독자의 욕구에 부합되도록 에디터십을 발휘하여 원고를 다듬는 작업'을 말한다. 출판사들은 다양한 경로를 통해 수많은 원고를 접한다. 외국의 대형출판사들은 쏟아지는 원고를 검토하는 일만을 전문적으로 하는 직원을 두기도 하고, 경쟁력 있는 원고만 검토하기 위해 출판에이전트를 거친 원고만 받는 곳도 있다. 그러나 우리나라는 아직 출판사의 담당에디터 선에서 원고가 채택되고 버려진다. 그러니 누가 보더라도 책으로 내고 싶어 몸살 나도록 원고를 포장해보자. 물론 출판사에서는 나름대로의 매뉴얼을 토대로 당신의 원고를 편집 작업할 테지만, 욕심 많은 당신을 위해 완성도 높은 원고포장의 방법을 소개한다.

좀 더 완전한 원고로 포장하라

책 한권이 나오는 데는 본문 뿐 아니라 표지원고, 서문, 목차, 추천사 등 다양한 부속 원고가 필요하다. 표지원고는 앞표지, 표지날개, 뒷표지, 뒷표지 날개로 구성된다.

앞표지

책의 얼굴이다. 제목과 지은이 이름, 책의 내용을 광고하는 카피, 출판사 이름, 띠지 등으로 구성된다. 띠지는 광고의 헤드라인에 해당하는 문안으로 서점 내에서 독자들에게 책을 어필하는데 큰 기여를 한다. 표지에 들어가는 광고성 글쓰기에 대한 방법들은 앞(161페이지)에서 얘기했다.

표지날개

대부분 이 곳에 작가를 소개하는 글, 즉 저자의 프로필을 넣는다. '저자 브랜드'는 책의 구매결정력에 큰 영향을 발휘한다. 그러므로 프로필만 읽고도 이런 사람이 책을 썼으니 읽어볼만하겠다, 아니 사서 읽어야겠다고 결심하게 만드는 그런 프로필을 써야 한다. 이력서를 그대로 옮긴 듯한 자전적 프로필은 독자의 관심을 끌 수 없다. 저자 소개를 넘어 당신의 원고를 담당하는 편집자에 따라 취향 혹은 창의력을 발휘하여 재미난 프로필을 만들어내기도 한다. 신문기자 등 제 3의 인물이 당신의 프로필을 객관적으로 소개하는 것도 한 방법이다.

93년에 선생님과 첫 인연을 맺었으니 벌써 11년이 흘렀다. 그때나 지금이나 참 변함없으신 분이다. 그때의 광고에 대한 열정이나 지금의 열정이 변함없으시고, 그때의 삶에 대한 호기심이나 지금의 호기심 또한 변함없으시다.

선생님의 모든 것이 담긴 최카피연구실도 사무실 위치만 몇 번 옮겼을 뿐 변함이 없다. 그때나 지금이나 카피라이터 지망생들이 눈에 불을 켜고 공부를 하고 선생님께선 질타와 격려가 섞인 열강을 하신다. 그렇다. 선생님의 가장 큰 자산은 '변함이 없다'이다. 하지만 그 '변함이 없다'라는 것이 매너리즘이 아니라 삶에 대한, 광고에 대한 열정의 변함없음이기에 부럽고 존경스러울 뿐이다.

대홍기획에서 Creative Director로 일할 때는 물론 지금 목원대학교에서 강의를 하는 순간에도 변함이 없다. 오늘도 최카피연구실의 연구생들이 2,30년의 나이차이를 전혀 느끼지 못하고 열강을 듣는 것도, 그리고 이 책이 태어난 이유도, 선생님의 바로 그 변함없는 열정 때문이라 확신한다.

카피선생님이자, 친구이자, 선배이자, 주례선생님이신
최병광님의 제자 이동환 씀(웰콤 카피라이터)

이상은 『성공을 위한 글쓰기 훈련』의 저자 프로필이다. 잘 나가는 광고대행사의 카피라이터인 제자가 쓴 프로필로 독특하면서도 저자로서의 가치를 잘 표현하고 있다.

작가 김훈은 『강산무진』에서 작가 자신을 '자전거 레이서'라 적고 있다. 당신이 만든 프로필을 출판사에서 전적으로 수용할는지는 모르는 일이다. 그러나 당신이 성의를 가지고 만든, 책의 판매에 영향을 미칠만한 것이라면 출판사에서도 마다할 리 없다. 『스크루지 씨의 부자수업』의 저자인 테드 클론쯔의 프로필을 기준으로 만든 다음의 표를 참고삼아, 해당 내용이 담긴 당신의 프로필을 만들어보자. 『스크루지 씨의 부자수업』은 구두쇠 스크루지 영감이 주인공으로 나오는 소설 『크리스마스 캐럴』을 이용하여 부자가 되는 마음의 기술을 담은 책이다.

프로필에 담을 내용		완성 프로필
당신은 무엇을 하는 사람인가	–심리학과 재정상담분야를 결합하여 적용하는 일의 개척자 –사이트 워크숍의 CEO	저자 : 테드 클론쯔 온사이트 워크숍Onsite Workshops (www.onsiteworkshops.com)의 회장 겸 CEO이며 심리학과 재정상담 분야를 결합하여 적용하는 일의 개척자로 유명하다. 클론쯔-카럴 모델을 활용한 재정 관련 워크숍을 시작하였고 개인적인 코칭, 컨설팅 분야에서 활발히 활동하고 있다. 여러 권의 저서 및 공저를 가지고 있는데 최근에는 《영혼을 위한 닭고기 수프》에도 공저자로 참여했다. 현재 테네시 내쉬빌에서 아내와 함께 살고 있다.
당신은 어떤 일을 주로 해왔나 (당신이 쓴 책과 관련된)	클론쯔-칼러 모델을 활용한 재정관련 워크숍을 시작하였고 개인적인 코칭, 컨설팅 분야에서 활발히 활동하고 있다.	
필자로서 당신은 얼마나 적절한가	최근 〈영혼을 위한 닭고기 수프〉에도 공저자로 참여했다	

뒷표지

독자들이 책을 구입하는데 영향을 미치는 내용의 일부를 발췌해 넣는다. 결국 표지의 제목에 대한 부연설명 기능을 갖는다고 볼 수 있다. 뒷표지에 유명인사들의 추천사나 책에 대한 미디어의 반응 등을 실으면 책 판매가 훨씬 잘 된다.

뒷표지 날개

책의 본문 가운데 일부를 싣거나 출판사의 다른 책을 광고하는 지면으로 활용되거나 한다.

본문을 전후한 서문, 목차, 추천사, 일러두기, 색인 등 부속원고는 본문의 의미를 더욱 빛나게 하고 내용을 알기 쉽게 전달하는 기능을 갖는다.

서문

당신이 책을 쓴 목적과 배경, 대상으로 한 독자층, 독자가 책을 읽음으로써 얻게 되는 이익, 책을 잘 읽는 방법 등을 중심으로 쓴다. 본문을 쓰기 전 서문을 쓰는 것이 순서이나, 본문을 완성한 후 홀가분한 기분으로 서문을 쓰는 저자들도 많다. 내 경우, 본문글쓰기에 들어가기 전 서문초고를 쓰고 본문을 쓴 다음 완전한 서문을 쓴다. 장황한 서문은 정작 저자의 의도를 전하지도 못하고 외면당하기 쉽다. 그러니 꼭 필요한 말만 짧게 쓰는 것이 좋다. 작가 스티븐 킹은 저자를 잘 아는 사람이거나 감사의 대상으로 이름이 오른 사람을 빼면 아무도 서문을 읽지 않는다고 했다. 교장선생님의 훈시나 주례사처럼, 서문도 짧은 것이 좋다.

책쓰기에 들어가며 써둔 서문은 집필이 끝난 후 내용을 짚어가며 꼭 확인해야 한다. 처음 글을 시작하면서 의욕에 넘쳐 글 속에 이것도 하겠다, 저것도 하겠다, 약속한 것이 많기 때문이다.

목차

책을 기획할 당시 만들어 두었던 임시 목차를 다시 손보아야 한다. 한 꼭지 한 꼭지 독자들이 모두 읽고 싶은 마음이 들도록 다듬거나 고쳐 쓰거나 새로 써야 한다.

일러두기

책을 읽기 전에 특별히 알아두어야 할 것이나 책 전편에 걸쳐 자주 반복되는 내용은 일러두기를 통해 미리 고지한다.

색인

본문에 등장하는 중요한 항목이나 인명, 지명, 기업명, 사례 등을 뽑아 이들의 본문 페이지를 함께 표기한다.

추천사

책을 홍보하기 위해 저명인사나 책과 관련된 전문가들의 추천사를 싣는다. 추천사를 통해 독자는 책을 구입해야 하는 이유와 책을 읽어내는 통찰력을 얻기도 한다.

디테일의 힘! 작은 노력도 아끼지 말라

당신의 원고를 출판사 관계자가 쉽고 편하게 그리고 일목요연하게 읽어 내려갈 수 있도록 작은 노력도 아끼지 말자. 무슨 내용인지 보기만 해도 알기 쉽게 중간제목이나 소제목을 달고 단락을 나누고 활자크기나 색상을 달리하여 표기한다. 당신이 쓴 원고의 의미가 훨씬 잘 전달된다.

본문 사이사이 중요한 내용은 밑줄을 치거나 폰트크기, 색상 등으로 차별화하는 것도 방법이다. 책을 내는데 꼭 필요한 표지에 사용될 이미지나 저자 이미지, 본문에 관련된 이미지 등도 구분이 쉽게 파일이름을 달고 분류하여 CD나 웹하드로 제공하면 원고에 대한 이미지를 좋게 할 수 있다. 흥미로운 것은 출판사 담당자에게 읽히기 쉬운 원고를 만들면, 그것이 곧 독자가 읽기 편한 책으로 나온다는 것이다. 무엇이든 노력이 무의미한 것은 없다.

출간계획서에 마케팅 기획을 포함시켜라

책쓰기에 들어가기 전 체크리스트를 만들어 보았다. 이제 출간계획서를 완성해야 할 때다. 원고가 완성된 다음 쓰는 출간계획서는 출간제안서에 가깝다.

책의 컨셉, 기획의도 및 배경, 본문 내용, 마케팅 아이디어 등 제안서만 으로도 출판을 결정할 수 있도록 자세하게 쓴다. 가장 중요한 것은 마케팅 아이디어. 저자의 입장에서 책 판매에 관한 마케팅 아이디어를 제안하고, 저자인 당신 선에서 할 수 있는 홍보나 마케팅 아이디어를 제공함으로써 출판사로 하여금 마케팅에 자신을 갖게 한다. 내 경우, 마케팅 기획서를 별 도로 만들어 출판사에 보내기도 한다.

책이 나온 후
당신에게 벌어지는 일들

나는 죽어도 책은 남는다.
-키에르케고르-

　드디어 책이 나왔다. 책이 나오면, 조금 과장해서 말하자면 당신 삶은 지금부터 시작이다. 당신이 전혀 생각지도 못한 세상이 펼쳐진다. 서점 진열대에 버젓하게 자리 잡은 당신의 책을 바라보라. 책이 신문이나 인터넷 등 매체에, 관련 잡지에 내용의 일부가 발췌되어 실리거나 당신을 인터뷰한 기사가 실리고, 이것을 본 기업이나 단체에서 강의를 부탁해오고, 사보 같은 곳에서 원고를 청탁해오고, 그 사이 쏟아지는 덕담과 인사들… 당신도 이미 유명인사 대열에 합류하게 된 것이다.

　이래서 책을 쓰는구나 싶을 것이다. 이미 두 번째 책을 마음에 두기 시작했을지도 모른다. 당신에게 책을 쓰게끔 하는 것으로 나의 임무는 여기서 끝이고, 다른 누구보다 큰 축하를 당신에게 보낸다. 신춘문예라는 어려운 관문을 통과한 새내기작가들에게도 덕담대신 따끔한 충고가 먼저 들린다.

등단했다고 자만했다가 후속작이 이어지지 않으면 등단한 의미가 없다고. 책을 낸 당신에게도 나는 축하의 인사 대신 같은 내용의 충고부터 하겠다. 첫 책을 내고 공명심에 신바람에 자기복제를 하는 경우가 많다. 같은 글 같은 내용을 여기저기 떠벌리고 다니며 성공을 자축하는 것이다. 이래서는 독자의 지속적인 러브콜을 기대할 수 없다. 독자는 돈을 주고 당신의 책을 사 보았기 때문에 예리하고 엄중하다. 수많은 책 들 가운데 당신의 책을 사 준 독자에게 진심으로 고마워하라. 독자의 요청이 있으면 무엇이든 함께 하라. 그리고 당신의 주제에 대해 부단하게 공부하라. 당신이 쓴 책의 내용을 복기하면서 잘못 된 것은 바로잡고, 보강이 필요한 것은 보강하라.

에 필 로 그

미련하게 당신의 길을 가라
모든 점들이 하나로 연결된다는 것을 믿어야 한다.
무엇인가 그것이 당신의 육감이든 운명이든 인생 그 자체이든 혹은 업이든 믿어야만 한다.
늘 배고프고 미련한 상태를 유지하라(Stay hungry, stay foolish).
－스티브 잡스 스탠포드 대학 졸업식 축사 중에서－

책을 쓰는 내내 신나고 재미있었다면 거짓말일 것이다. 내내 고통스러웠다 해도 거짓말일 게다. 책을 쓰는 내내 조울(躁鬱)의 고개를 넘나든 건 확실하다. 어느 아침엔 책을 다 쓰기만하면 수십만 권 후다닥 팔릴 것처럼 자신감에 차 방방 뜨다가, 다음날 아침엔 문장 하나 말끔히 쓸 줄 모르는 내가 무슨 책을 쓴다고 깝죽대냐며 징징거렸다. 온라인 카페를 통해 첫 책의 독자들이 보내준 성원이 아니었더라면 울증에 더 힘들었을 것이다.

그러는 내내 썼다. 쓰다 지치면 쉬었다 쓰고, 문장이 막히면 돌아가고 모르면 훌쩍 건너뛰어 계속 썼다. 꾸역꾸역 썼더니 마침내 이렇게 마침표를 찍을 수 있었다. 무엇보다 집중할 수 있음에 행복했다. 수험생처럼 일하며 책을 쓰며, 그 외 것에는 관심두지 않고 살아온 그 심플했던 두어 달이 벌써 그립다. 당신도 지금의 나처럼 이렇게 에필로그를 쓰는 후련함을 꼭 맛보길 바란다.

당신도 나처럼 책 한 권을 세상에 선보이기까지 어떤 어려움, 어떤 좌절과 마닥뜨리게 될지 모른다. 하지만 포기하지 말라. 그리고 지금 바로 시작하라. 당신의 그 책이 어느 한 사람의 인생을 바꾸게 될지도 모른다.

폴 오스터가 『빵 굽는 타자기』에서 말했다.
"내가 하고 싶은 일은 책을 말하는 것이 아니라 책을 쓰는 것이었다"
나도 이제 책에 대해 말하기보다 책쓰기에 더 몰두하겠다고, 이 글을 마치며 결심해본다.

온라인 카페 북코칭(http://cafe.naver.com/bookcoaching.cafe)에서 이 책의 애프터서비스를 겸해 당신의 책쓰기를 도와드리겠습니다.

송숙희 드림

초강력 퍼스널 브랜드로 시장지배력을 강화하는

내 책쓰기 과정

과정의 목적

개개인의 역량과 커리어, 독특한 개성을 한 권의 책으로 연출함으로써 지식 기반의 창의적인 인재를 필요로 하는 21세기에 걸맞는 브랜드로서 개인의 경쟁력을 갖춘다.

기대효과

- 삶의 목적과 비즈니스 목표를 재확인하고 비즈니스 역량을 점검하여 미래지향적인 전문가로서의 삶을 살게 한다.
- 마음먹기에서 기획, 집필, 마케팅에 이르기까지 전과정을 코칭 받고 진행함으로써 삶에 대한 열정과 에너지를 재확인한다.
- 저서마케팅을 통해 퍼스널 브랜드를 홍보하고 마케팅함으로써 시장 가치를 제고한다.

과정의 특징

- 과정의 대부분을 워크숍과 발표, 과제 등 실전학습으로 진행한다.
- 과정을 통해 텍스트쓰기는 물론 블로그 등의 웹쓰기, 비즈니스라이팅 등 다양한 글쓰기를 배우게 된다.
- 수강생의 기획서와 완성된 원고는 출판에이전시를 통해 기성 출판사에서 출간되거나 자비출간하게 된다.

Fiction

교육과정

시간	학습내용	학습방법
1차시	Sourcing Finding my Life-work • 왜 책을 쓰려고 하는가 • 어떤 책을 쓰고 싶은가 • 어떤 책을 쓸 수 있나 • 쓰고 싶은 주제 연구	• 프로파일 만들기 • 로지컬 싱킹 • 샘플책 연구
2차시	Concepting 테마를 찾아서 • 자료수집 • 트렌트 캐칭 • 차별화 전략 • 수집된 자료의 분석 • 컨셉 도출	• 자료수집 및 분석:slip • 자료수집의 보고 • 카드작업, 마인드맵핑 • 쓰기위한 읽기
3차시	Planning1 컨셉의 확정 • 블로그 만들기: 키워드에 대한 자료수집 • 컨셉과 출판시장 리서치 • 컨셉 확정 • 1차 기획서 만들기	• 주제 검증
4차시	Planning2 목차 만들기 • 내용구성 • 세부 구성안 만들기 • 스토리텔링 연구	• 실습
5차시	Planning3 • 표지문안 만들기 • 샘플원고 만들기 • 집필지침 만들기 • 집필계획서 만들기 • 서문쓰기	• 실습
6차시	writing • 집필의 기술& 팁스 • 표지 외 부속원고 쓰기 • 에디팅의 기술 • 추천사 섭외	• 실습
7차시	marketing • 출간제안서 쓰기 • 출판사 고르기 • 출판사섭외 • 홍보기획	• 보도자료 쓰기 • 보도자료 내기 • 온라인칼럼 쓰기

교육대상

퍼스널 브랜드 구축을 희망하는 비즈니스 종사자

교육시간

- 2일 14시간/온라인 카페 무료 이용
- 공개특강 2시간

교육문의

031)955-6050(국일출판사)

02-6224-0415(아이디어바이러스)

www.ekugil.com

www.북코칭.com

scarf94@naver.com

당신의 책을 가져라 A/S카페 안내

온라인 카페를 통해 책에 대한 애프터서비스를 해드립니다.

네이버 카페 '당신의 책을 가져라(cafe.naver.com/bookcoaching, www.북코칭.com)'에 오시면 책에서 밝히지 않은(혹은 못한) 다양한 책쓰기 노하우와 TV자료, 각종 양식, 그리고 새로운 칼럼 등을 만나볼 수 있습니다. 또 저자와 간단한 상담도 할 수 있고 무료 공개특강 등 코칭 프로그램에 대한 정보도 만날 수 있습니다.

참 고 문 헌

책

먹고 살자고 하는 짓 | 이재용 | 크레듀

지문사냥꾼 | 이적 | 웅진닷컴

박찬욱의 몽타주 | 박찬욱 | 마음산책

박찬욱의 오마주 | 박찬욱 | 마음산책

연人 | 박신양 | 랜덤하우스코리아(랜덤하우스중앙)

핵심만 골라 읽는 실용독서의 기술 | 공병호 | 21세기북스(북21)

가슴두근거리는 삶을 살아라 | 마이크 맥매너스 | 시대의창

새로운 시작을 위한 선택 | 리처드J.라이더, 데이비드 A. 사피로 | 시유시

로마제국쇠망사 | 에드워드 기번 | 대광서림

엽기적인 그녀 | 김호식 | 시와사회

그 놈은 멋있었다 | 귀여니 | 황매

동네 철물점은 왜 망하지 않을까 | 야마다 신야 | 랜덤하우스코리아(랜덤하우스중앙)

사장의 벤츠는 왜 4도어일까? | 고자카이 게이에쓰로 | 국일증권경제연구소(국일출판사)

문장 | 최인호, 이보름 | 랜덤하우스코리아(랜덤하우스중앙)

모든 날이 소중하다 | 대니 그레고리 | 세미콜론

최고의 선물 | 여훈 | 스마트비즈니스

돈이 되는 글쓰기 | 송숙희 | 21세기북스(북21)

다산선생 지식경영법 | 정민 | 김영사

박지은의 프리미엄 골프 | 박지은 | 랜덤하우스코리아(랜덤하우스중앙)

포스터 모던 마케팅 | 스티븐 브라운 | 비즈니스북스

남성 그루밍 | 남용우 | 북컴퍼니

마이웨이-히딩크 자서전 | 거스 히딩크 | 조선일보사

아빠가 놀아주면 아이는 확 달라진다 | 김종석 | 서울문화사

엄마학교 | 서영숙 | 큰솔

공부기술 | 조승연 | 랜덤하우스코리아(랜덤하우스중앙)

산타할아버지께 선물을 드려요 | 정인철 | 베틀북(프뢰벨)

문장기술 | 배상복 | 랜덤하우스코리아(랜덤하우스중앙)

엄마가 보는 논술 | 배상복 | 랜덤하우스코리아(랜덤하우스중앙)

글쓰기 정석 | 배상복 | 경향미디어

수학의 정석 | 홍성대 | 성지출판

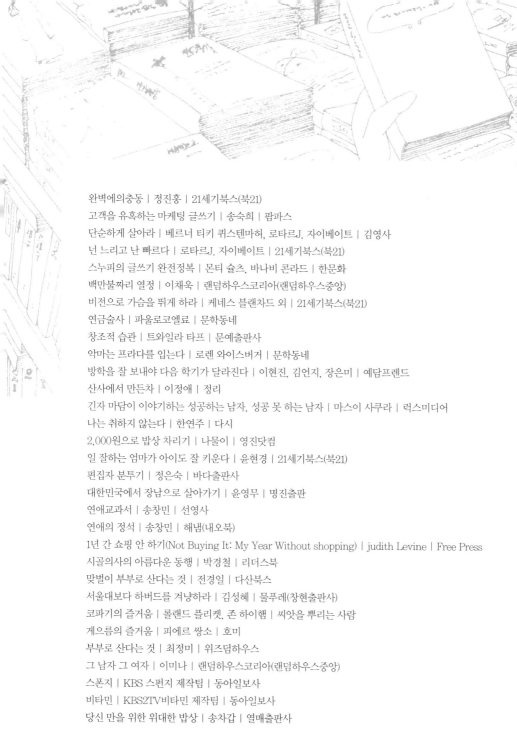

완벽에의충동 | 정진홍 | 21세기북스(북21)

고객을 유혹하는 마케팅 글쓰기 | 송숙희 | 팜파스

단순하게 살아라 | 베르너 티키 퀴스텐마허, 로타르J. 자이베이트 | 김영사

넌 느리고 난 빠르다 | 로타르J. 자이베이트 | 21세기북스(북21)

스누피의 글쓰기 완전정복 | 몬티 슐츠, 바나비 콘라드 | 한문화

백만불짜리 열정 | 이채욱 | 랜덤하우스코리아(랜덤하우스중앙)

비전으로 가슴을 뛰게 하라 | 케네스 블랜차드 외 | 21세기북스(북21)

연금술사 | 파울로코엘료 | 문학동네

창조적 습관 | 트와일라 타프 | 문예출판사

악마는 프라다를 입는다 | 로렌 와이스버거 | 문학동네

방학을 잘 보내야 다음 학기가 달라진다 | 이현진, 김언지, 장은미 | 예담프렌드

산사에서 만든차 | 이정애 | 정리

긴자 마담이 이야기하는 성공하는 남자, 성공 못 하는 남자 | 마스이 사쿠라 | 럭스미디어

나는 취하지 않는다 | 한연주 | 다시

2,000원으로 밥상 차리기 | 나물이 | 영진닷컴

일 잘하는 엄마가 아이도 잘 키운다 | 윤현경 | 21세기북스(북21)

편집자 분투기 | 정은숙 | 바다출판사

대한민국에서 장남으로 살아가기 | 윤영무 | 명진출판

연애교과서 | 송창민 | 선영사

연애의 정석 | 송창민 | 해냄(내오북)

1년 간 쇼핑 안 하기(Not Buying It: My Year Without shopping) | judith Levine | Free Press

시골의사의 아름다운 동행 | 박경철 | 리더스북

맞벌이 부부로 산다는 것 | 전경일 | 다산북스

서울대보다 하버드를 겨냥하라 | 김성혜 | 물푸레(창현출판사)

코파기의 즐거움 | 롤랜드 플리켓, 존 하이햄 | 씨앗을 뿌리는 사람

게으름의 즐거움 | 피에르 쌍소 | 호미

부부로 산다는 것 | 최정미 | 위즈덤하우스

그 남자 그 여자 | 이미나 | 랜덤하우스코리아(랜덤하우스중앙)

스폰지 | KBS 스펀지 제작팀 | 동아일보사

비타민 | KBS2TV비타민 제작팀 | 동아일보사

당신 만을 위한 위대한 밥상 | 송차갑 | 열매출판사

Fiction

마음을 열어주는 101가지 이야기 | 마크 빅터 한센, 잭 캔필드 | 이레

영어공부 절대 하지마라 | 정찬용 외 | 사회평론

스티브잡스의 창조 카리스마 | 김영한 | 리더스북

굿바이 잭웰치 | 김영한 | 리더스북

리심 | 김탁환 | 민음사

푸른눈물 | 신경숙 | 조선일보 연재 중

화성에서 온 남자 금성에서 온 여자 | 존 그레이 | 친구미디어

널 사랑해서 하는 말이야 | 데보라 태넌 | 생각의 나무

말을 듣지 않는 남자 지도를 읽지 못하는 여자 | 앨런 피즈, 바바라 피즈 | 가야넷

며느리에게 주는 요리책 | 장선용 | 이화여자대학교출판부

일하며 밥해먹기 | 김혜경 | 디자인하우스

김혜영의 싱글벙글 요리 | 김혜영 | 랜덤하우스코리아(랜덤하우스중앙)

효재처럼 | 이효재 | 중앙M&B

지금 여기에 살아라 | 오쇼 라즈니쉬 | 지혜의 나무

지금 이 순간을 즐겨라 | 에크하르트 톨레 | 양문

당신의 모든 소망을 실현시켜줄 마법의 열쇠 | 에스더 & 제리 힉스 | 샤우드미디어

우리는 개보다 행복할까 | 매트 와인스타인, 루크바버 | 아인북스(아이앤컴퍼니)

청계천은 미래로 흐른다 | 이명박 | 랜덤하우스코리아(랜덤하우스중앙)

황소 이명박 | 이정규, 정신섭 | 밝은세상

이명박 대통령을 울린 시장 | 김대우 | 태웅출판사

기도하는 리더십 이명박 | 이채윤 | 청어람

지혜로운 킬러 | 이정숙 | 갤리온

오늘의 한 걸음이 1년 후 나를 바꾼다 | 로버트 마우어, 김우열 | 더난출판사

365일 설득의 기술 | 서기원 | 현대미디어

할리우드에서 성공한 시나리오작가들의 101가지 습관 | 칼 이클레시아스 | 경당

6주 만에 뱃살을 뺀다, 복근운동 30분 | 키트 브룬가르트 | 넥서스

육아영어 | 유지연 | 팜파스

공부가 즐거워지는 습관 아침독서 10분 | 남미영 | 21세기북스(북21)

BBQ 원칙의 승리 | 윤홍근 | 중앙M&B

열정을 경영하라 | 진대제 | 김영사

즐거워라 택시인생 | 김기선 | 웅진씽크빅

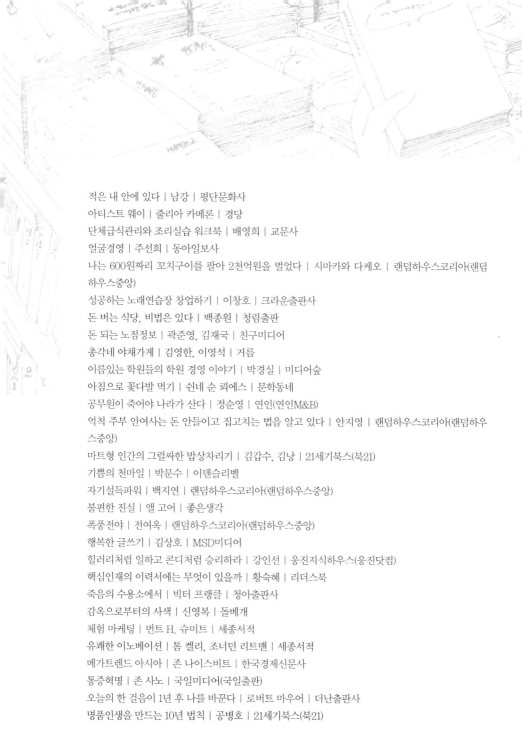

적은 내 안에 있다 | 남강 | 평단문화사

아티스트 웨이 | 줄리아 카메론 | 경당

단체급식관리와 조리실습 워크북 | 배영희 | 교문사

얼굴경영 | 주선희 | 동아일보사

나는 600원짜리 꼬치구이를 팔아 2천억원을 벌었다 | 시마카와 다케오 | 랜덤하우스코리아(랜덤하우스중앙)

성공하는 노래연습장 창업하기 | 이창호 | 크라운출판사

돈 버는 식당, 비법은 있다 | 백종원 | 청림출판

돈 되는 노점정보 | 곽준영, 김재국 | 친구미디어

총각네 야채가게 | 김영한, 이영석 | 거름

이름있는 학원들의 학원 경영 이야기 | 박경실 | 미디어숲

아침으로 꽃다발 먹기 | 쉰네 순 뢰에스 | 문학동네

공무원이 죽어야 나라가 산다 | 정순영 | 연인(연인M&B)

억척 주부 안여사는 돈 안들이고 집고치는 법을 알고 있다 | 안지영 | 랜덤하우스코리아(랜덤하우스중앙)

마트형 인간의 그럴싸한 밥상차리기 | 김갑수, 김낭 | 21세기북스(북21)

기쁨의 천마일 | 박문수 | 이덴슬리벨

자기설득파워 | 백지연 | 랜덤하우스코리아(랜덤하우스중앙)

불편한 진실 | 앨 고어 | 좋은생각

폭풍전야 | 전여옥 | 랜덤하우스코리아(랜덤하우스중앙)

행복한 글쓰기 | 김상호 | MSD미디어

힐러리처럼 일하고 콘디처럼 승리하라 | 강인선 | 웅진지식하우스(웅진닷컴)

핵심인재의 이력서에는 무엇이 있을까 | 황숙혜 | 리더스북

죽음의 수용소에서 | 빅터 프랭클 | 청아출판사

감옥으로부터의 사색 | 신영복 | 돌베개

체험 마케팅 | 번트 H. 슈미트 | 세종서적

유쾌한 이노베이션 | 톰 켈리, 조너던 리트맨 | 세종서적

메가트렌드 아시아 | 존 나이스비트 | 한국경제신문사

통증혁명 | 존 사노 | 국일미디어(국일출판)

오늘의 한 걸음이 1년 후 나를 바꾼다 | 로버트 마우어 | 더난출판사

명품인생을 만드는 10년 법칙 | 공병호 | 21세기북스(북21)

Fiction

포지셔닝 | 잭 트라우트, 알 리스 | 을유문화사

3의 법칙 | 마크S. 윌튼 | 세종서적

토지 | 박경리 | 나남출판

로마인 이야기 | 시오노 나나미 | 한길사

베스트셀러와 작가들 | 최을영.고훈우.이휘현 외 | 인물과사상사

아주 특별한 즐거움 | 줄리아 카메론 | 다정원

20대에 하지 않으면 안될 50가지 | 나카타니 아키히로 | 홍익출판사

평범한 10대 수재로 키우기 | 정미령 | 황금가지

16살 네 꿈이 평생을 결정한다 | 김재헌 | 팝콘북스(다산북스)

7살부터 하버드를 준비하라 | 이형철, 조진숙 | 웅진지식하우스

초등학교 입학 전 부모숙제 50가지 | 김정애 | 영진미디어

논문 잘 쓰는 방법 | 움베르토 에코 | 열린책들

유쾌한 이노베이션 | 톰 켈리,조너던 리트맨 | 세종서적

광고인이 되는 법 | 제임스 웹 영 | 소담출판사

B형 남자와 연애하기 | 김낭 | 팜파스

파란 코끼리를 꿈꾸라 | 월트 디즈니 이매지니어 | 용오름

걷는 습관이 나를 바꾼다 | 후타쓰기 고조 | 위즈덤하우스

배려 | 한상복 | 위즈덤하우스

희망을 짓는 건축가 이야기 | 안드레아 오펜하이머 딘, 티머시 허슬리 | 공간사

빵굽는 CEO | 김영모 | 김영사

행복론 – 걱정으로부터의 자유 | 알랭 | 디오네

마케팅 불변의 법칙 | 알리스, 잭트라우트 | 십일월출판사

티핑포인트 | 말콤글래드웰 | 21세기북스

블링크 | 말콤 글래드웰 | 21세기북스

동네철물점은 왜 망하지 않을까 | 야마다 신야 | 랜덤하우스코리아(랜덤하우스중앙)

다시 당신을 사랑합니다 | 안미경 | 갤리온

신기생뎐 | 이현수 | 문학동네

디지털 혁명, 전자책 | 성대훈 | 이채

대지 | 펄 벅 | 범우사

새도맨서 | G. P. 테일러 | 생명의말씀사

고등어 | 공지영 | 푸른숲

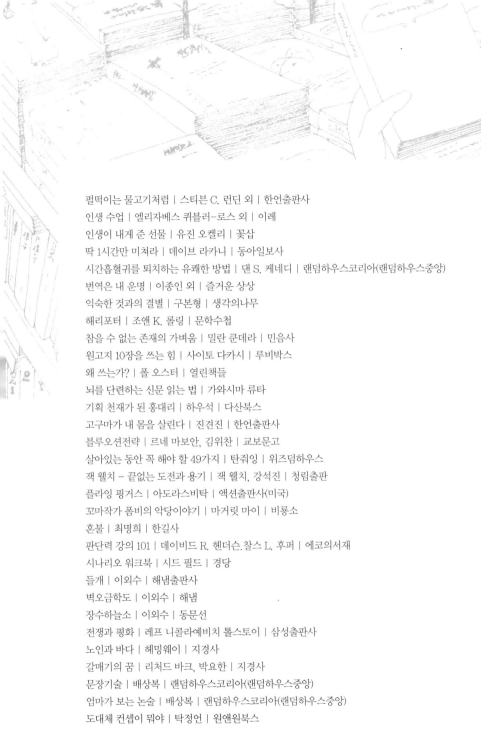

펄떡이는 물고기처럼 | 스티븐 C. 런딘 외 | 한언출판사

인생 수업 | 엘리자베스 퀴블러-로스 외 | 이레

인생이 내게 준 선물 | 유진 오켈리 | 꽃삽

딱 1시간만 미쳐라 | 데이브 라카니 | 동아일보사

시간흡혈귀를 퇴치하는 유쾌한 방법 | 댄 S. 케네디 | 랜덤하우스코리아(랜덤하우스중앙)

번역은 내 운명 | 이종인 외 | 즐거운 상상

익숙한 것과의 결별 | 구본형 | 생각의나무

해리포터 | 조앤 K. 롤링 | 문학수첩

참을 수 없는 존재의 가벼움 | 밀란 쿤데라 | 민음사

원고지 10장을 쓰는 힘 | 사이토 다카시 | 루비박스

왜 쓰는가? | 폴 오스터 | 열린책들

뇌를 단련하는 신문 읽는 법 | 가와시마 류타

기획 천재가 된 홍대리 | 하우석 | 다산북스

고구마가 내 몸을 살린다 | 진견진 | 한언출판사

블루오션전략 | 르네 마보안, 김위찬 | 교보문고

살아있는 동안 꼭 해야 할 49가지 | 탄줘잉 | 위즈덤하우스

잭 웰치 – 끝없는 도전과 용기 | 잭 웰치, 강석진 | 청림출판

플라잉 핑거스 | 아도라스비탁 | 액션출판사(미국)

꼬마작가 폼비의 악당이야기 | 마거릿 마이 | 비룡소

혼불 | 최명희 | 한길사

판단력 강의 101 | 데이비드 R. 헨더슨,찰스 L. 후퍼 | 에코의서재

시나리오 워크북 | 시드 필드 | 경당

들개 | 이외수 | 해냄출판사

벽오금학도 | 이외수 | 해냄

장수하늘소 | 이외수 | 동문선

전쟁과 평화 | 레프 니콜라예비치 톨스토이 | 삼성출판사

노인과 바다 | 헤밍웨이 | 지경사

갈매기의 꿈 | 리처드 바크, 박요한 | 지경사

문장기술 | 배상복 | 랜덤하우스코리아(랜덤하우스중앙)

엄마가 보는 논술 | 배상복 | 랜덤하우스코리아(랜덤하우스중앙)

도대체 컨셉이 뭐야 | 탁정언 | 원앤원북스

Fiction

칭찬은 고래도 춤추게 한다 | 켄 블랜차드, 타드 라시나크, 처크 톰킨스, 짐 발라드 | 21세기북스(북21)
프로페셔널의 조건-어떻게 자기실현을 할 것인가 | 피터 드러커 | 청림출판
5백년 명문가의 자녀교육 | 최효찬 | 예담
다이어트 절대 하지마라? 마음에 말을 거는 신개념 다이어트 | 로버트 M, 슈워츠, 김정한 | 샘터사
배려의 기술 | 지동직 | 북스토리
혼자라도 삶과 춤춰라 | 우어줄라 바그너, 김영미 | 더북컴퍼니
99% 중학생이 헛공부하고 있다 | 최영석, 한상권 | 두앤비컨텐츠(랜덤하우스중앙)
공부 잘 하고 싶으면 학원부터 그만둬라 | 이병훈 | 한스미디어
보라빛 소가 온다 | 세스 고딘, 콜레오마케팅그룹 | 재인
빅무 | 세스 고딘 | 황금나침반
마시멜로 이야기 | 호아킴 데 포사다 외 | 한국경제신문
삼성전자&타이거즈, 그 16가지 교훈 | 김광호 | 고즈원
잭 웰치 뛰어넘기 | 함형기 | 무한
알랭드 보통의 불안 | 알랭 드 보통 | 이레
똑똑한 놈은 웃으면서 군대간다 | 박양근 | 한언
검색으로 세상을 바꾼 구글 스토리 | 존 바텔, 전병국 | 랜덤하우스코리아(랜덤하우스중앙)
마흔살부터 준비해야 할 노후대책 일곱 가지 | 김동선 | 나무생각
끝났으니까 끝났다고 하지 | 그랙 버렌트, 아미라 루오톨라 버렌트 | 해냄출판사
청소부 밥 | 토드 홉킨스 외 | 위즈덤하우스
비즈니스 글쓰기의 노하우 | 케빈 라이언 | 길벗
당신의 기업을 시작하라 가이 가와사키 | 랜덤하우스중앙
덴샤오토코(전차남) | 나카노 히토리 | 서울문화사
나는 한 번도 패배한 적이 없다 | 아이반 노블 | 물푸레(창현출판사)
아이가 준 선물 | 메리 앤 톰슨 | 문예출판사
사람풍경 | 김형경 | 아침바다
여자로 태어나 대기업에서 별따기 | 이택금 | 김영사
작가세계 | 세계사편집부 | 세계사
도쿄타워 | 에쿠오가오리 | 소담출판사
하이퍼그라피아 | 앨리스 플래허티, 박영원 | 휘슬러
완벽한 것보다 좋은 것이 낫다 | 도리스 메르틴 | 에코리브르
목적과 함께한 릭워렌 | 조지 메이어 | 규장(규장문화사)

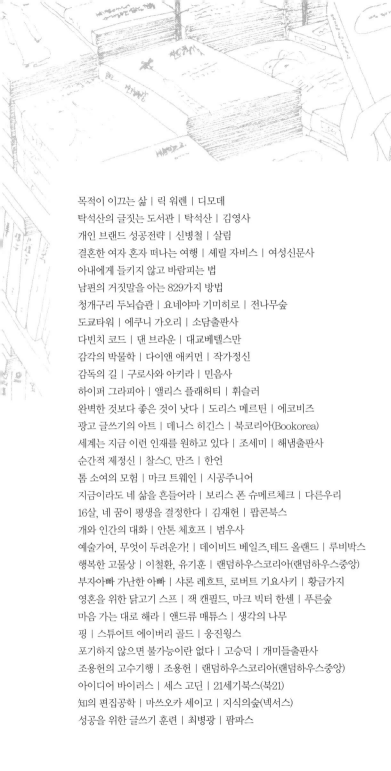

목적이 이끄는 삶 | 릭 워렌 | 디모데

탁석산의 글짓는 도서관 | 탁석산 | 김영사

개인 브랜드 성공전략 | 신병철 | 살림

결혼한 여자 혼자 떠나는 여행 | 셰릴 자비스 | 여성신문사

아내에게 들키지 않고 바람피는 법

남편의 거짓말을 아는 829가지 방법

청개구리 두뇌습관 | 요네야마 기미히로 | 전나무숲

도쿄타워 | 에쿠니 가오리 | 소담출판사

다빈치 코드 | 댄 브라운 | 대교베텔스만

감각의 박물학 | 다이앤 애커먼 | 작가정신

감독의 길 | 구로사와 아키라 | 민음사

하이퍼 그라피아 | 앨리스 플래허티 | 휘슬러

완벽한 것보다 좋은 것이 낫다 | 도리스 메르틴 | 에코비즈

광고 글쓰기의 아트 | 데니스 히긴스 | 북코리아(Bookorea)

세계는 지금 이런 인재를 원하고 있다 | 조세미 | 해냄출판사

순간적 제정신 | 찰스C. 만즈 | 한언

톰 소여의 모험 | 마크 트웨인 | 시공주니어

지금이라도 네 삶을 흔들어라 | 보리스 폰 슈메르체크 | 다른우리

16살, 네 꿈이 평생을 결정한다 | 김재헌 | 팝콘북스

개와 인간의 대화 | 안톤 체호프 | 범우사

예술가여, 무엇이 두려운가! | 데이비드 베일즈,테드 올랜드 | 루비박스

행복한 고물상 | 이철환, 유기훈 | 랜덤하우스코리아(랜덤하우스중앙)

부자아빠 가난한 아빠 | 샤론 레흐트, 로버트 기요사키 | 황금가지

영혼을 위한 닭고기 스프 | 잭 캔필드, 마크 빅터 한센 | 푸른숲

마음 가는 대로 해라 | 앤드류 매튜스 | 생각의 나무

핑 | 스튜어트 에이버리 골드 | 웅진윙스

포기하지 않으면 불가능이란 없다 | 고승덕 | 개미들출판사

조용헌의 고수기행 | 조용헌 | 랜덤하우스코리아(랜덤하우스중앙)

아이디어 바이러스 | 세스 고딘 | 21세기북스(북21)

知의 편집공학 | 마쓰오카 세이고 | 지식의숲(넥서스)

성공을 위한 글쓰기 훈련 | 최병광 | 팜파스

강산무진 | 김훈 | 문학동네
스크루지 씨의 부자수업 | 테드 클론쯔 외 | 한언
크리스마스 캐럴 | 찰스 디킨스 | 시공주니어
빵 굽는 타자기 | 폴 오스터 | 열린책들

시
위인부령화 | 박제가

영화
음란서생
엽기적인 그녀
그 놈은 멋있었다
사랑할 때 버려야 할 아까운 것들
친절한 금자씨
왕의남자
파인딩 포레스토
복수의 나의 것
쏘우
올드보이
도쿄타워
라디오스타
국경의 남쪽